TATORT DARMSTADT

16 Kurzkrimis und eine fotografische Spurensicherung

Skripte
Eric Barnert, Stefan Benz, Fritz Deppert, Alex Dreppec, Thomas Fuhlbrügge, PH Gruner, Ralf Köbler, Bruno Laberthier, Marc Mandel, Andreas Roß, Susanne Roßbach, Walter Scheele, Frank Schuster, Ralf Schwob, Ella Theiss, Barbara Zeizinger
Kamera
Oliver Stienen
Regie & Schnitt
Gerd Ohlhauser
Kritik
Bettina Bergstedt

Alle Rechte vorbehalten
© 2021 by Preface Book, Darmstadt, www.preface-book.de
Alle Rechte an den Texten bei den Autor*innen

Herausgeber, Redaktion, Lektorat und Bildschnitt
Gerd Ohlhauser, gerd@ohlhauser.de

Korrektorat
Marita Skubich

Fotos
Oliver Stienen, Darmstadt

Bildbearbeitung
Lasertype GmbH, www.lasertype24.de

Gestaltung, Layout und Satz
Hausgrafik, www.hausgrafik.de

Umschlag
Gerd Ohlhauser/Hausgrafik mit einem Foto von Oliver Stienen

Projektentwicklung und Marketing
Christoph Rau, www.edition-darmstadt.de

Gesamtherstellung
printmedia solutions GmbH, Frankfurt, www.printmedia-solutions.de

ISBN 978-3-947428-14-4

www.edition-darmstadt.de
www.preface-book.de

Meiner Mutter zum 100. Geburtstag am 4. Oktober 2021
Sie hatte als 22-jährige über dem Hambacher Tal den Feuerschein der Brandnacht gesehen. Als wir zehn Jahre später mit dem klapprigen alten Auto ihres Cousins, mein Vater am Steuer, zum ersten Mal nach Darmstadt kamen, standen dort noch viele hohle und leere Fassaden. Ich war gerade mal sechs Jahre alt, den verstörenden und unbegreiflichen Anblick habe ich bis heute nicht vergessen. *Gerd Ohlhauser*

TATORT DARMSTADT Die Nacht birgt Licht und Finsternis von Bettina Bergstedt ...Seite 8
TATORT DARMSTADT

Eric Barnert	**Halloween oder mache es zu Deinem Projekt!**	...Seite 16
Stefan Benz	**Theaterhölle**	...Seite 25
Fritz Deppert	**Albtraum**	...Seite 33
Alex Dreppec	**Körpernah und prüfungsrelevant**	...Seite 39
Thomas Fuhlbrügge	**Oh Lilien, oh Lilien**	...Seite 46
PH Gruner	**Nekropolis**	...Seite 54
Ralf Köbler	**Tod beim Abendmahl**	...Seite 63
Bruno Laberthier	**Rechenmädchen**	...Seite 71
Marc Mandel	**Zum Paradiese**	...Seite 80
Andreas Roß	**Schönes neues Heinerfest**	...Seite 86
Susanne Roßbach	**Nachtschicht**	...Seite 94
Walter Scheele	**Eine ganz normale Nacht**	...Seite 102
Frank Schuster	**Über den Dingen**	...Seite 111
Ralf Schwob	**Brandnacht**	...Seite 115
Ella Theiss	**Abschied**	...Seite 121
Barbara Zeizinger	**Sieben, acht, neun, zehn**	...Seite 129

DARMSTADT BEI NACHT Eine fotografische Spurensicherung von Oliver Stienen ...Seite 136
BILDLEGENDEN Kurzgeschichten zu den Fotos ...Seite 335
DIE AUTOR*INNEN Biografisch und bibliografisch ...Seite 338
MITWIRKENDE Oliver Stienen, Bettina Bergstedt, Gerd Ohlhauser ...Seite 350
EDITION DARMSTADT/EDITION HESSEN/EDITION INTERNATIONAL ...Seite 352
DANKSAGUNG ...Seite 360

TATORT DARMSTADT Die Nacht birgt Licht und Finsternis von Bettina Bergstedt

Von Barnert bis Zeizinger Bei Barnert spielt Dunkelheit eine Rolle, das eigentliche Verbrechen hat aber nichts mit der Dunkelheit zu tun. Bei Benz verbinden sich Grusel, Verwirrung und totale Finsternis. Deppert verwebt Angst, Dunkelheit und Traumsequenzen mit dem Verbrechen. Bei Dreppec ist die Nacht kaum Thema, es ist aber auch mehr eine Liebesgeschichte als ein Krimi. Frechheit siegt bei Fuhlbrügge am helllichten Tag inmitten einer Menschenmenge. Vielleicht ist es das wache Auge Gottes, das bei Köbler auf dunkle Machenschaften und den globalen Finanz- und Immobilienmarkt Licht wirft. Wenn die Toten zum Leben erwachen oder umgekehrt der Grabpfleger die andere Welt betritt, geht es bei Gruner um „Todo o nada", alles oder nichts. Modernste Algorithmen und menschliche DNA verknüpfen geheime Machenschaften der NS-Zeit und die realsozialistische Wirklichkeit der DDR mit dem Nachwende-Kapitalismus bei Laberthier. Mandels Story führt von der dunklen Friedhofsgrube (Asche zu Asche) direkt zum himmlischen inneren Frieden. Roß' Kriminalhauptkommissar laviert wie im Rausch durch eine künstliche, smarte Lichterwelt. Das ganz reale Gefühl der Eifersucht hat bei Roßbach mit vermeintlicher Liebe und einem vernebelten (Suff)kopf zu tun, der die Sicht so einschränkt wie die Dunkelheit. Einen spektakulären Polizeieinsatz beschreibt Scheele, der tatsächlich in der Mitte der Nacht erfolgt aufgrund von Randale auf dem Friedhof. In Schusters Geschichte mutiert die Dunkelheit der Nacht zum Ort des Zaubers, weil angesichts der Liebe auch steinerne Herzen erweichen. Schwobs Kammerspiel im Wohnzimmer einer alten Dame, in dem einem Kleinkriminellen in Tennissocken das Handwerk gelegt wird, aber unerwartet etwas anderes geschieht, findet beim Nachmittagskaffeekränzchen statt. Gespenster, eigentlich Gestalten der Nacht, richten bei Theiss das verbrecherische Unternehmen nur für die einen zum Guten. Und zur Erfüllungsgehilfin wird tagsüber eine Autofahrerin nach einem Gläschen Sekt und einem Unfall, wie sich bei Zeizinger schlussendlich herausstellt.

Verbrechen spielen bei weitem nicht immer in der Dunkelheit, wie die Krimi-Kurzgeschichten in diesem Buch deutlich zeigen, aber auch Statistiken. Denn nur manche Tat lässt sich im Schutz der Dunkelheit leichter ausführen, es kommt auf die Art des Verbrechens an. Und auch das Wetter spielt eine entscheidende Rolle. „Je mehr Sonne, desto mehr Gewalt", sagte im Jahr 2011 der damalige Leiter der Zentralen Verbrechensbekämpfung in Hamburg, Andreas Lohmeyer. Besonders „wetterfühlig" sind Rohheitsdelikte wie Körperverletzung, Diebstahl, Wohnungseinbrüche und Sittlichkeitsdelikte, ganz besonders aber Fahrraddiebstahl. Häusliche Gewalt oder Betrug, Ladendiebstahl oder Raub hingegen sind weniger vom Wetter abhängig.

Das Gefühl der Angst Und dennoch ist da dieses Gefühl. Wider besseres Wissen verbinden wir das Verbrechen mit der Nacht und haben in der Dunkelheit mehr Angst als am helllichten Tage. Die Nacht ist die Schattenseite des Tages, ist Bedrohung und Schrecken. Angst ist ein Menschheitsproblem. Vor Urzeiten hat sie die Menschen vor wilden Tieren geschützt. Jedes Kind muss lernen, die Angst vor Finsternis beim Einschlafen zu überwinden. Schuld daran ist Amygdala. „Bei Licht an geht die Angstzentrale aus", titelte Spektrum.de im Sommer 2021 einen Beitrag, in dem der Hirnspezialist Sean Cain von der Monash University in Melbourne und sein Forscherteam mittels eines Hirnscanners an 23 Probandinnen und Probanden feststellten, dass Amygdala, jene Emotions- und Angstzentrale im Hirn, nicht nur direkt mit der Netzhaut verbunden ist, sondern auch mit einem Bereich, der Angstgefühle mitreguliert.

Furcht erzeugen die Gefühle von Einsamkeit und Verlassenheit, von Unvorhersehbarkeiten und Ausgeliefertsein in einer vermeintlich feindlichen Welt. Erlerntes Verhalten, Drogen aller Art, Medikamente und körperliche Erkrankungen können zusätzlich eine Rolle spielen. Nach Sigmund Freud erleben Menschen ihre erste Angst mit der Geburt, nämlich mit der Trennung von der Mutter. Interessant ist dabei, dass das Neugeborene doch die dunkle Höhle verlässt, um das „Licht der Welt" zu entdecken. Ausgehend von Freud wird aber die Angst von

Kindern in der Dunkelheit als Urangst beschrieben. Licht und Schatten sind eng miteinander verbunden.

Lichtbilder im Dunkeln Licht hemmt also die Aktivität des Angstzentrums im Hirn und kann Angst lösen. Bei einem Nachtspaziergang in einer sternenklaren Nacht löst sich die schreckhafte Furcht, je länger wir im Dunklen tappen, denn das Auge ist ein Meister der Anpassung. Dank der lichtempfindlichen Stäbchen sieht das Auge in der Dämmerung mit der Zeit immer mehr.

Licht erzeugt Bilder. Und auch die Nacht-Fotografien von Oliver Stienen kommen mit wenig Licht aus. Seine Fotografien sind ohne symbolische Setzung. Sie folgen nicht einer Idee, sind nicht inszeniert, sie sind realistisch. Stienen folgt einem inneren Impuls, erkennt, wenn er mit seiner Kamera unterwegs ist, spontan „sein" Motiv in dem, was sich seinem Auge darbietet. Genau so und genau jetzt nimmt er es auf. Da mag es sein, dass man ihn auf dem Boden liegend am Rande einer Pfütze findet, um mit einer extremen Auf- oder Untersicht die Spiegelung eines dramatischen Wolkenhimmels in der Dämmerung zu fassen oder um die Fluchtpunkte von Häuser- und Straßenschluchten in ein rhythmisches Verhältnis zu den Lichtern der Straßenlaternen zu setzen. Er wählt die Perspektive, die seinem Sinn für Ästhetik entspricht: Struktur.

Damit folgen Oliver Stienens Arbeiten dem „Neuen Sehen", das in den 1920er Jahren die Avantgarde-Fotografie am Bauhaus ausmachte. Es war Programm, nicht mehr den alten Paradigmen des „Piktorialismus" der ganz frühen, wertevermittelnden Fotografie zu folgen, sondern kreativ, spontan und mit ungewöhnlichem Blickwinkel eine künstlerische Bildsprache zu entwickeln, die dem abgebildeten Gegenstand gerecht wird. Stienens „Schnappschüsse", wie er sie selber nennt, werden im Nachhinein nicht verfremdet, nur leicht bearbeitet: das Nachtschwarz, die Grautöne, Kontraste. Die Fotografien sind zwischen Dynamik und fühlbarer Stille angesiedelt, dabei enthalten sie bildkompositorisch Symmetrie, sind zentriert und aufgeräumt, keineswegs aber unterkühlt.

„Realität ist Offenbarung", hat der Filmregisseur Roland Klick einmal gesagt, der genau in diesem Spannungsraum als deutscher Filmemacher, trotz zahlreicher Ehrungen, in Deutschland wenig Anerkennung fand. Seine Filme sind angesiedelt in der Wirklichkeit, jenseits von Vorwissen und Vorurteil. Formale Perfektion und Norm schaffen keine Tiefe, keine Magie. „Wo aber ein Geheimnis bleibt," meint Klick, „passiert etwas Faszinierendes: Der Zuschauer kann seine eigene Fantasie in den Film projizieren." Durch atmosphärische Offenheit gewähren Oliver Stienens Fotografien diesen Raum für Deutungsspielräume.

Sondieren und Verdichten Nicht nur in Roland Klicks Filmen spielt das geschickte Zusammenspiel von Detail und offenem Bildausschnitt eine zentrale Rolle, um jene Magie zu schaffen, die den Betrachter gefangen nimmt. Ähnlich versteht sich die Buchreihe „Edition Darmstadt", die mit Fokussierung und Zusammenschnitt beim mehr oder weniger schnellen Durchblättern der Fotostrecken die Eindrücke verdichtet und zusammenfasst, aber auch die Möglichkeit gewährt, innezuhalten und zu verweilen. Durch die Kombination einzelner Bilder kommen wir als Betrachter in die Bewegung und in die Zeit, Aspekte des Filmischen, denen man sich kaum entziehen kann, die auffordern, fortzufahren und weiterzublättern.

„Sondierendes Schauen" nennt der Fotograf Stienen die Art, wie er – auch nachts – seine Bilder findet, mit offenem Blick. Fokussieren und Schweifen lassen, der gleichen Mechanismen bedient sich der Detektiv, der seinen Fall aufklären will. Mit Barrieren im Kopf kommt er nicht weiter. Die Fähigkeit, in alle Richtungen zu ermitteln und alle Möglichkeiten in Betracht zu ziehen, zeichnen ihn aus; Wachheit, die nichts übersieht. Und schlafwandlerische Intuition. Denn die Dinge sind selten so, wie man glaubt oder wie sie sein sollten. Zufall? Schicksal? Vorherbestimmung? Das Geheimnis lässt Raum für Vorstellungen und Phantasie, es bleibt im Verborgenen, was uns im Innersten antreibt und wie sich das Leben fügt.

Die Dunkelheit und das Böse Die Psychoanalyse geht davon aus, dass in jedem Menschen „dunkle Anteile" liegen, doch ein monokausaler Trieb, der für Aggressionen sorgt, gilt als widerlegt. Vielmehr sind die menschlichen Abgründe und Aggression als Motor für Verbrechen ein Phänomen, das zahlreiche Gründe und Motivationen umfasst. Gute Kriminalgeschichten haben deshalb viel mit unserer vielschichtigen Lebenswirklichkeit zu tun, ihr Realitätsbezug fächert die Welt in ihrer ganzen Farbigkeit auf.

„Krimis erklären teilweise unsere Ängste, vor allem wenn aktuelle Probleme in der Geschichte eingeflochten sind", sagt der Psychotherapeut Philipp Ruland im Süddeutschen Rundfunk (26.12.2018). Ob Pandemie, Klimakatastrophe, Globalisierung oder soziale Not: Krimis greifen die Nöte auf und kommen überwiegend zu einer (Auf)Lösung und einem guten Ende. Doch nur wer sich sicher fühlt, liest gerne Krimis. Ein traumatisierter Mensch nimmt lieber Abstand. Krimis sind das Lieblingsgenre der Deutschen, hierzulande fasziniert das Verbrechen auf besondere Weise.

„Beim Lesen von Krimis befinden wir uns in einer sicheren Spannung ohne großes Risiko", so Ruland, wir gehen auf Distanz und können Extremsituationen vergleichsweise entspannt genießen. Wir erinnern uns an die erste Nachtwanderung in Kindertagen, in denen Gruselgeschichten ihre beste Wirkung entfalteten: Fest eingehakt zwischen Freunden und Freundinnen umgab uns ein wohliges Schaudern – und niemand wollte außen gehen, denn an den Rändern lauert die Gefahr!

Vielleicht ist es Triebabfuhr, wenn wir durch Krimis Gefühle wie Furcht und Schrecken erleben. Wir lösen Affekte, ohne dass jemand Schaden nimmt. Die taz hat einmal zu Weihnachten getitelt: „Heiliger Grusel ... Zum Fest der Feste steigt die Gewaltbereitschaft – gut, wenn man da einen dicken Krimi zur Hand hat." Und wenngleich mehr als genug Verbrechen geschehen und wir mehr als je Kriminalromane verschlingen: Die Kriminalitätsrate von brutalen Verbrechen sinkt in den Städten im öffentlichen Raum.

Licht ist Schatten Es wurde eingangs schon erwähnt: Es ist ein subjektives Gefühl, das uns glauben lässt, die Dunkelheit berge Gefahren. Und es ist ein subjektives Gefühl, wie wir mit Licht und Schatten umgehen.

Über das „Gefühl der Dunkelheit" schreibt Pier Paolo Pasolini im ersten Gesang der „Divina Mimesis": „...es gab, um die Wahrheit zu sagen, in jener Dunkelheit sogar etwas Leuchtendes: Das Licht der alten Wahrheit, wenn wir so wollen, jener Wahrheit, vor der es nichts mehr zu sagen gibt."

Auch Erich Maria Rilke schreibt poetisch: „Du Dunkelheit, aus der ich stamme | ich liebe dich mehr als die Flamme, | welche die Welt begrenzt, | indem sie glänzt | für irgend einen Kreis, | aus dem heraus kein Wesen von ihr weiß. || Aber die Dunkelheit hält alles an sich: | Gestalten und Flammen, Tiere und mich, ... || Ich glaube an Nächte."

Die Nacht, die Dunkelheit blendet nichts aus, im Kegel des Lichts sehen wir nur das, was angeleuchtet wird. Im gleißenden Licht bleibt nichts geheim, das Magische geht der Welt verloren. Die Nacht hält nichts an sich, ist weit wie der Himmel, das Meer, unsere Gedanken, die Seele. Die Nacht umschließt das Geheimnis des Lebens.

Die Nacht hält beides bereit: strahlende Schönheit und dunkle Finsternis. Wandern wir mit Stienen sehenden Auges durch die nächtliche Stadt und blicken mit den Autorinnen und Autoren sehenden Auges in die Abgründe der Dunkelheit. Eine gute Leselampe brauchen wir allemal zum Lesen, deren Lichtkegel die Angst Amygdala im Rahmen hält. Und die Hirnzellen auf Trapp. Der Kick der Ungewissheit brachte nicht nur die Entwicklung der Menschheit in Schwung, sondern schafft bei der Lektüre ständig neue Vernetzungen der Synapsen im Gehirn. Also nehmen wir das Buch in die Hand und beginnen bei Barnert, enden bei Zeizinger und lassen Darmstadt bei Nacht in Bildern an uns vorbeirauschen.

Eric Barnert HALLOWEEN oder mache es zu Deinem Projekt!

Immer noch kein Zahlungseingang. Jetzt ist es schon Mitte Oktober. Ein weiteres Mal studiere ich ergebnislos meine Kontoauszüge. Vor zwei Monaten habe ich das Notebook an den Käufer geschickt, der sich bei Ebay *StudentOF* nannte, *OF*, wie Offenbach. Später, bei unserem E-Mail-Austausch, machte er einen netten, zuverlässigen Eindruck.

Ich bin ihm ganz offensichtlich auf den Leim gegangen. Und das, obwohl es nur um hundertvierzig Euro ging, ein Witzpreis für ein quasi neues Powerbook. Natürlich kamen in der Folge die E-Mails mit meinen Nachfragen zurück, die Adresse war inzwischen gelöscht worden.

Im Grunde hält sich mein Verlust in Grenzen, schließlich hat mich das Gerät fast nichts gekostet, abgesehen von einem neuen Netzteil. Seit Jahren repariere ich ausgemusterte, defekte Computer, die ich meist im Internet günstig ersteigere. Es ist schon unglaublich, was da alles zu finden ist, manche Sachen sind fast neuwertig. Meist verschenke ich die Rechner an Freunde oder an unsere Studenten in der Elektrotechnik. Aber manche davon verkaufe ich auch bei Ebay, wenn sie wieder laufen, es sind einfach zu viele und ich bringe es nicht fertig, sie wegzuwerfen.

Was nun? Wenigstens die Adresse habe ich noch, also entschließe ich mich mal vorbeizufahren. Bei Street-View sehe ich, dass es sich um einen größeren Wohnblock handelt. Nun stehe ich am Eingang des zehnstöckigen Hauses und suche den Namen von *Arndt Behrendt*, so nannte sich *StudentOF*, auf einem der Klingelschilder. Das dauert eine Weile, schließlich gibt es fünf Wohnungen pro Geschoss, macht im Ganzen fünfzig Klingelschilder. Aber auch nachdem ich alle Namen mehrfach durchgegangen bin, werde ich nicht fündig. Trotzdem fotografiere ich die ganze Klingelbatterie, vielleicht ist das nochmal nützlich, man weiß ja nie.

Wie kam es, dass das Paket offensichtlich trotzdem zugestellt wurde? Hm. Manche Schilder sind mit den Namen der neuen Mieter überklebt, an anderen entdecke ich noch Reste des Klebefilms. Hat sich da jemand am Tag der Lieferung meines Computers als *Arndt Behrendt* ausgegeben und danach das Schild wieder entfernt? Eine andere Erklärung fällt mir im Moment nicht ein und auch später, als ich zu Hause in der Wohnung inmitten meiner Elektronik-Werkstatt sitze, ist das so. Mich fuchsen solche hinterhältigen Betrüger, die einen in freundlichem Ton belügen und sich dann in Luft auflösen.

Eine Weile suche ich noch auf Ebay nach meinem Notebook, aber bislang wurde es nicht zum Wiederverkauf angeboten.

Ich möchte aber wissen, wer mich betrogen hat, und vielleicht schaffe ich es sogar irgendwie es so hinzubekommen, dass dieser Mensch niemanden mehr aufs Kreuz legt. Denn eines ist mir klar: Ich war nicht sein erstes Opfer.

Schließlich lege ich mich ins Bett und falle in einen nur mäßig erholsamen Schlaf. Irgendwann in den Morgenstunden formt sich ein Plan in meinem Kopf. Voller Ideen stehe ich auf, setze mich vor den Computer, lege eine neue Mailadresse an und reaktiviere ein altes Profil auf Ebay. Anschließend stelle ich fest, dass *StudentOF* meinen Computer an einem Donnerstagabend gekauft hat. Also stelle ich ein weiteres Powerbook so zum Verkauf ein, dass die Verkaufsfrist an einem Donnerstagabend abläuft. Von diesem Modell habe ich noch zwei Exemplare, falls sich ein ehrlicher Käufer finden sollte, würde ich einfach das andere schicken.

Nun wartet eine Menge Arbeit auf mich, wenn mein Plan funktionieren soll. Ich fahre mit einer Liste in mein favorisiertes Elektronik-Geschäft. Was ich dort nicht bekomme, bestelle ich im Internet. Unterschwellig überlege ich, was mich dazu bringt, in einen für mich nachteiligen Handel noch mehr zu investieren. Wenn ich mir jedoch vorstelle, wie genugtuend es wäre, diesem Typen einen Denkzettel zu verpassen, verfliegen alle Zweifel. Ich mache es zu meinem Projekt! Also beginne ich eines der beiden Geräte umzubauen. Die ganze Sache ist komplexer als gedacht, aber an Motivation mangelt es nicht. Am Donnerstagmorgen um halb drei ist es vollbracht. Bei der zweiten Probe läuft alles perfekt.

Abends sitze ich gespannt vor dem Bildschirm und warte. Es gibt bereits drei Gebote, ich hatte einen niedrigen Preis angesetzt. Die letzten Minuten der Versteigerung ziehen sich wie Kaugummi. Ein erfahrender Ebay-Käufer wird erst im letzten Moment zuschlagen, auch bei *StudentOF* war es so. Jetzt steht das aktuelle Gebot bei hundertzwanzig Euro. Hoffentlich ist ihm das nicht zu teuer, denke ich kurz, aber gleich darauf entspanne ich mich wieder. Der Preis kann ihm schließlich egal sein, denn er hat ja ohnehin nicht vor zu zahlen.

Die Uhr läuft runter und 3,2,1 geht noch ein letztes Gebot ein: Hundertdreißig Euro von einem *DesignRheinMain*.

Ich nehme Kontakt auf und die ersten Zeilen seiner Nachricht kommen mir im Ton bekannt vor. Diesmal ist er ein relativ mittelloser Designer, dem mitten in einem wichtigen Auftrag sein Notebook kaputt gegangen ist und mein Powerbook wäre seine Rettung. Aber es müsste schnell gehen. Er nennt sich *René Schuster*. Hatte ich bis dahin noch Zweifel, verfliegen sie auf einen Schlag: Die Adresse ist die gleiche. Also schreibe ich ihm, das Powerbook würde einem Verein gehören, bei dem ich Mitglied wäre. Wir bräuchten es nicht mehr, weil wir ein neues angeschafft hätten.

Natürlich verspreche ich dem aufstrebenden Designer in Windeseile aus der Patsche zu helfen und schon am nächsten Tag das Gerät loszuschicken. So viel Inspiration in einem Moment wird er schon lange nicht mehr bekommen haben, so hoffe ich.

Ich präpariere das Gerät fertig, packe es ein, versehe es mit einem Absender aus

Mainz, den ich schon vorher im Netz recherchiert habe, und schicke es ab. Die Rechnung habe ich wie verabredet mit ins Paket gelegt, ganz naiv und vertrauensvoll, so wie ein ideales Opfer es machen würde. Keine Vorabüberweisung, kein Bezahlservice von Ebay. Schließlich hat er ja beteuert, sofort zu zahlen, sonst könne ich ihn gerne „auf ein Glas Rotwein" besuchen, seine Adresse hätte ich ja jetzt. Den Kontoinhaber gebe ich mit Ch. Co. Cl. e. V. an und setze die Kontoverbindung des Chaos Computer Clubs ein, für den Fall, dass er tatsächlich überweisen sollte. Ich stelle ihm sogar eine Quittung für die Steuer in Aussicht, wenn er eine Spende als Überweisungszweck und seine Adresse angeben würde.

Am Montagnachmittag stehe ich vor dem Wohnblock. Es ist der 31. Oktober und damit das Datum von Halloween.

Die Sendungsverfolgung des Paketdienstes hat die Zustellung ab 15 Uhr angekündigt. Vom Auto aus habe ich einen guten Blick auf die Seite des Hauses mit den Balkonen und den dahinter liegenden Wohnzimmern. Vorher war ich an der Haustür, um die Klingelschilder zu studieren. Und, wie vermutet, das zweite Namensschild von rechts in der dritten Reihe von unten ist überklebt. Es steht *Schuster* darauf. Zurück im Auto gleiche ich die Namensschilder mit meinem Foto ab und finde den Namen *Winter*. Eine kurze Netzrecherche spuckt auch noch einen Vornamen aus: *Jonas Winter*. Das könnte er sein. Aber ich will ihn sehen, vielleicht wohnt er ja auch nicht allein.

Kurz nach 16 Uhr hält das Fahrzeug des Zustellers und der Paketbriefträger steuert mit einem Haufen Pakete dem Eingang entgegen. Ein paar Minuten später kehrt er wieder zurück. Der Sackkarren ist leer, also hat *DesignRheinMain* alias *René Schuster* mein Paket angenommen.

Langsam beginnt es zu dämmern, der Paketzusteller ist schon lange weg. Die Lichter in den Wohnzimmern gehen nach und nach an.

Manche Bewohner oder Besucher gehen hinein und nur wenige hinaus. Es ist niemand dabei, der mein Paket heraus trägt und den ich verfolgen könnte. Theoretisch hätte ja jemand am Eingang den Paketboten abpassen können, der dort gar nicht wohnt. Sollte also derjenige nicht durch einen Hintereingang verschwunden sein, müsste er noch im Haus sein. Hoffentlich wird er meine Sendung gleich öffnen und den Inhalt untersuchen.

Währenddessen beobachte ich auch die Fenster des dritten Stockwerks und ertappe mich dabei, wie ich ungeduldig werde.

Erste Scharen teils kostümierter Kinder, teils mit ihren Eltern, teils ohne, ziehen an meinem Auto vorüber auf der Suche nach Süßem. Ich bin gleichzeitig zuversichtlich, dass es für einen Bewohner dieses Hauses heute noch Saures gibt. Um in diesem Trubel unauffällig zu bleiben, setze ich die Frankensteinmaske auf, die ich mir vorher noch besorgt habe. So könnte ich vielleicht anonym ein wenig ermitteln, falls nötig, war meine Überlegung.

„Huuuh" und „Aaaah" klingt es dazu unheimlich durch das Viertel. Ein Knirps, kaum größer als einen Meter mit einem kürbisfarbig geschminkten Gesicht, taucht neben meinem Autofenster auf und agiert äußerst offensiv. Mein Äußeres scheint ihn überhaupt nicht zu erschrecken.

„Hast Du Süßes?", fragt er mit piepsiger Stimme. „Wir können auch tauschen, ich habe Halloween-Aufkleber!", schlägt er vor und hält sie mir vor die Nase.

Nachdem ich eilig meine Lesebrille aufgesetzt habe, was mit dieser Maske gar nicht so einfach ist, sehe ich gruselige Kürbisfratzen. Um ihn nicht zu enttäuschen, biete ich als Gegenleistung eine angebrochene Packung Kaugummis an, woraufhin der Handel geschlossen wird.

„Nico, lass doch den Mann in Ruhe", höre ich eine Frau, die offenbar die Mutter des Jungen ist.

„Entschuldigen Sie bitte", sagt sie gleich darauf lachend und beugt sich zu mir herab. „Die Kinder sind nicht zu bremsen. Hübsche Maske!"

„Danke sehr! Das ist kein Problem, ich habe ja schließlich auch etwas Schönes bekommen", antworte ich kichernd.

„Na immerhin! Schönen Abend noch!"

„Ebenso", erwidere ich und schon zieht die lustige Truppe weiter.

Ich wende mich wieder dem Haus zu. Inzwischen klingeln die Kinder auch an dem Wohnblock, manche Gruppen werden in das Haus geradezu eingesaugt und kommen fröhlich kichernd mit Süßigkeiten wieder heraus.

Plötzlich dringt im dritten Stock aus einem der Zimmer ein Lichtblitz nach außen. Gleich darauf wird die Balkontür aufgerissen. Ein untersetzter, bärtiger Mann um die vierzig, in einem ursprünglich grauen Jogginganzug, stürzt vielleicht zwanzig Meter entfernt von mir hustend auf den Balkon. Sein Gesicht und das Oberteil des Anzugs sind blutrot. Er sieht von weitem aus, als sei er einer ganzen Jagdgesellschaft vor die Schrotflinten gelaufen. Ich höre ihn bis zu mir fluchen und er kotzt über die Brüstung. „Scheiße, verdammte Scheiße! So ein Arschloch!", bringt er zwischendrin heraus. Er würgt, er flucht, er hustet und spuckt und ich muss ehrlich gestehen, dass das zwar sicher hart für ihn ist, mir aber richtig gut gefällt. Ich finde seine Beleidigung auch ganz persönlich ausgesprochen schmeichelhaft.

Zudem bin ich erleichtert, denn erst befürchtete ich, dass nur zwei dieser Stinkbomben zu dezent wären. Ich meine jene, die sich in den Rechner ergossen, als mein „Geschäftspartner" ihn einschaltete. Auch meine Bedenken, dass vielleicht der konzentrierte Saft von Roter Bete, der ihm gleichzeitig entgegen spritzte, etwas lächerlich wirken würde, waren wohl unbegründet.

Wie gerne hätte ich zugesehen, aber dann wäre es nicht möglich gewesen, die Kameralinse über dem Bildschirm austauschen. Es war auch nicht leicht, die Treibladung so zu bemessen, dass die nun dort eingebaute Düse nicht aus dem Gehäuse fliegen würde. Ein paar kostümierte Kinder neben meinem Auto lachen und zeigen begeistert mit den Fingern auf den Balkon.

„Schau mal, Mama, da ist auch ein Monster", ruft ein kleines Mädchen und quietscht freudig erregt. Recht hat sie. Wie ein Designer schaut er jedenfalls gerade nicht aus. Und irgendwie auch nicht wie ein Student aus OF, wobei ich natürlich eigentlich nur die aus Darmstadt kenne.

„Oh!", antwortet die Mutter hörbar schockiert. „Ich weiß nicht recht meine Süße, vielleicht gehen wir trotzdem mal besser weiter."

Offensichtlich halten die Kinder die surreale Darbietung des *Jonas Winter* für eine Schauershow anlässlich des heidnischen Festes, während den Eltern bei dem eher schwierig einzuordnenden Anblick verständlicherweise Bedenken kommen. Das könnte schließlich auch ein veritables Blutbad sein.

Folgerichtig ziehen die Eltern ihre Kleinen an den Händen davon. Die Kleinen drehen sich dabei noch neugierig zum Balkon um, aber bald sind sie verschwunden.

Ich schaue wieder hinüber zum Geschehen, genieße das Schauspiel auf dem Balkon und mache ein paar Erinnerungsbilder. Dann schließe ich das Autofenster, denn inzwischen zieht ein wirklich strenger Geruch vom Haus herüber. Keine Frage, bei diesen Stinkbomben handelt es sich wirklich um Qualitätsprodukte. Soll mal einer sagen, im Internet würde man nur beschissen!

Um meinem Anliegen etwas Nachdruck zu verleihen, habe ich noch eine kurze Nachricht vorbereitet:

„Letzte Mahnung! Du kannst Dich nicht verstecken! Zahle Deine Schulden!"

Das ist nicht unbedingt konziliant, aber in der Sache relativ klar, so hoffe ich. Schmunzelnd klebe ich noch eine der Kürbisfratzen auf den Brief und schreibe als Absender *Frankenstein* daneben.

Eigentlich konnte ich bislang mit Halloween wenig anfangen, aber ich muss zugeben, dass dieser Brauch schon seinen Reiz haben kann. Ob der Chaos Computer Club bald eine Spende erhält? Ich bin zuversichtlich.

Jedenfalls fahre ich, nachdem ich den Umschlag eingeworfen habe, versöhnt nach Hause und spüre, wie beglückend doch die Tätigkeit des Heimwerkers sein kann. Aus tiefster Überzeugung kann ich darum nur raten:

Macht es zu Eurem Projekt!

Stefan Benz THEATERHÖLLE

Die Kaffeemaschine schnaubte. So klang es, wenn die heilige Pflicht des Praktikanten rief. Franz Mager legte das „Darmstädter Echo" aus der Hand. Den Krimi ums Staatstheater kannte er ja ohnehin längst auswendig. Und jetzt fühlte er sich bereit, ihn aufzuklären. Nach dem Kaffee.

Seit sechs Wochen war Gotthold Hegebeil spurlos verschwunden. In dem Zimmer, das er als Untermieter einer Wohngemeinschaft im Martinsviertel bezogen hatte, sah es aus, als hätte er gerade eben erst das Haus verlassen. Nichts schien zu fehlen, das bestätigte auch seine Schwester, als die Polizei sie befragte. Anfangs hatten sie in der Dramaturgie des Staatstheaters ja gedacht, Hegebeil sei frustriert untergetaucht, weil sein erstes Projekt am Haus so bizarr gescheitert war. Aber dann hätte er dennoch irgendwelche Spuren hinterlassen müssen. Zwar war der Schlüssel seines alten Jetta nicht auffindbar, doch stand der einstmals zitronengelbe, nunmehr staubbraune Wagen seit Wochen am selben Fleck auf der Liebfrauenstraße. Auch Hegebeils EC-Karte war verschwunden, aber ohne dass er damit irgendetwas bezahlt hätte. Und sein Mobiltelefon ließ sich auch nicht orten.

Chefdramaturgin Juliane Marquardt-Baum war genervt, weil die Polizei und Hegebeils Schwester immer wieder am Telefon störten, ausgerechnet in dieser schwierigen Zeit der Pandemie, wo ohnehin nichts klappen wollte, weil alles, was man sich auch ausdachte, gleich wieder hygienepolizeilich verboten war. So war das ja auch mit Gotthold Hegebeils erstem Streich gewesen. In einer Mischung aus aktionistischem Übereifer und betrieblicher Naivität hatte der neue Dramaturg für interdisziplinäre, intermediale und interkulturelle Spielformen einen Bretterverschlag als Kiosk am Büchnerplatz entwerfen lassen. Das beliebte Gestalterkollektiv „Das Waschen", benannt nach einem ehemaligen Waschsalon, in dem die angehenden Grafiker, Designer und Architekten vor Jahren ihr erstes Lager aufgeschlagen hatten, war sofort voll bei der Sache. Dabei hatte Intendant Dr. Dr. Günther-Peter Bamberg noch nichts genehmigt, ja, er hatte noch nicht einmal etwas davon erfahren. Und so duckte sich die Bretter-Bude eines Tages knall-pink unter den weißen Kolonnaden neben dem markanten Treppenhausportal der Bühne.

Der Name „Così" nach Mozarts Oper „Così fan tutte" war verkündet. Ein Pächter stand schon bereit, um dort vor und nach Vorstellungen Getränke auszuschenken. Im Foyer ging ja wegen Corona längst nichts mehr. Hier draußen am Büchnerplatz aber war vermeintlich genug Platz für Bier und Wein, Diskurs und Performance. So hatte es Gotthold Hegebeil gerade einer Gruppen von Journalisten erklärt, als die Nachricht kam: Von wegen „Così fan tutte", nix mit „So machen's alle". Keiner macht hier was. Aus vor der Eröffnung!

Der Baumeister des Theaters sah durch die bonbonfarbene Box das Weiß seines Betons urheberrechtlich geschändet, der Oberbürgermeister wähnte seine Welterbe-Bewerbung auf der Mathildenhöhe wegen Missachtung herausragender Architektur gefährdet, und das Ministerium in Wiesbaden verweigerte die Genehmigung, die noch gar nicht beantragt worden war, mit Hinweis auf die Pandemiebestimmungen schon mal vorweg. Das war der Tag, an dem Hegebeil zum letzten Mal gesehen worden war. Seither suchten sie nicht nur den Dramaturgen, sondern versuchten auch, sein Werk beseitigen zu lassen. Doch beim „Waschen"-Kollektiv fühlte sich keiner zuständig. Schließlich hatten sie noch kein Geld für die Konstruktion erhalten. Und jetzt sollten sie alles wieder abreißen?

Intendant Bamberg saß mittlerweile das Kunst- und Gesundheitsministerium sowie die Stabsstelle Welterbe des Oberbürgermeisters im Nacken. Der Verwaltungsdirektor und der Technische Leiter aber blockierten alle Anweisungen des Intendanten. Wo die Genehmigung zum Aufbau nie erteilt worden war, sollte jetzt auch kein Arbeitseinsatz zum Abbruch erfolgen. Diese Selbstblockade war stabil. So verstrichen die Wochen. Das „Così" blieb verrammelt, wechselte aber langsam die Farbe. Zum Pink gesellten sich Regenbogentöne, dazu schwarze Krakel, die auch auf die Säulen der Kolonnaden übergriffen. Und dort, wo sich das Fenster für den Getränkeverkauf hätte öffnen müssen, prangte eines Tages auf einem Brett die Botschaft: „Gerechtigkeit für Hegebeil!" Bevor nun Dr. Dr. Günther-Peter Bamberg selbst zu Stemmhammer und Nageleisen greifen musste, griff seine Chefdramaturgin zur äußersten Maßnahme und schickte Franz Mager.

Jetzt, da das halbe Theater im Home-Office war, das Schauspiel die schönsten Fotos aus der Spielzeitvorschau auf Instagram veröffentlichte, das Ballett sein Aufwärmtraining per Zoom zeigte und im Opernhaus seit vier Wochen die leere Bühne als Live-Stream des Covid-Kunstprojekts „Die Krankheit Langeweile" zu sehen war, hatte der Praktikant ja auch sonst nichts zu tun. Der Kaffee, den er morgens kochte, stand meist abends noch kalt in der Kanne. Dann sollte Franz Mager eben den verschwundenen Dramaturgen suchen. Kriegt er wenigstens mal was zu tun, hatte sich Juliane Marquardt-Baum gedacht, ohne zu wissen, dass der junge Mann mit dem halblangen blonden Haaren durchaus kriminologische Theatererfahrung mitbrachte.

Im Bewerbungsschreiben hatte er nur von einem Praktikum bei der Zeitung seiner Heimatstadt, Erfahrungen als Geschäftsführer eines mittlerweile bankrotten Weinkontors und einem abgebrochenen Biologiestudium berichtet. Verschwiegen hatte er allerdings seine Erlebnisse an der Seite seines alten Freundes Justus Beck, der als legendär verschlafener Theaterkritiker eine lokale Instanz war und am Ende seiner Karriere zum hellwachen Theaterdetektiv avancierte: Vergiftete Schauspielerinnen, ermordete Politiker und Künstler – Herr Beck hatte ihre Fälle rund um die Bühne aufgeklärt. Und Franz hatte ihm assistiert. Eigentlich war er der Franz Watson von Sherlock Beck. Und so wollte er seine neue Aufgabe jetzt auch angehen.

Was wusste man? Die Polizei hatte die These verworfen, Gotthold Hegebeil habe sich abgesetzt. Mittlerweile wurde ein Anwohner des Büchnerplatzes verdächtigt, dem Theatermann etwas angetan zu haben. Als militanter Kämpfer für die Nachtruhe war der Rentner polizeibekannt, weil er, hinter Büschen lauernd, mit dem Luftgewehr mehrfach auf Partyvolk geschossen hatte, das den Platz bis tief in die Nacht zur Biergarten-Disko machte. Die Aussicht auf einen Kiosk, bei dem die lärmende Jugend noch mehr Stimmungsaufheller tanken konnte, hatte ihn zunächst dazu gebracht, den Architekten des Theaters in dessen schwäbischer Heimat zu alarmieren. So war die Polizei auf die Spur des Rentners gekommen. Auf seinem Computer fand man Recherchen zum Personal des Staatstheaters, in seinem Notizbuch die Telefonnummer eines wegen Körperverletzung vorbestraften Türstehers. Hatte der schießwütige Anwohner auch Gotthold Hegebeil ins Visier genommen? Hatte er ihn entführt, ermorden lassen, die Leiche zerstückelt und vergraben oder ihn gefangen und gefoltert? Und vor allem: Wo steckte Hegebeil oder das, was von ihm übrig war?

Franz hatte keine Ahnung, wurde aber den Verdacht nicht los, dass der Dramaturg nicht weit weg sein konnte. Es war Mittag, die wenigen Theaterleute, die überhaupt noch im Kulturbunker am Büchnerplatz arbeiteten, waren in der Mittagspause. Hinter Hegebeils verwaistem Schreibtisch hing vor einem vertrockneten Veilchen ein einsamer Zettel an einem Pinboard. Darauf notiert waren lauter Ideen, wo sich coronakonform Theater machen ließe, wenn schon nicht im Theater: „Faust" im Boxclub, „Endstation Sehnsucht" im Straßenbahndepot, „Elektra" in der Entega-Zentrale. Das meiste war durchgestrichen, verweigert und verworfen. Hegebeil war überall gescheitert. Nur hinter dem Titel „Orpheus" stand ein Ausrufezeichen, aber kein Spielort. War das nicht so ein antiker Popstar? Sein alter Freund und Meister Justus Beck hätte daraus vielleicht schon die Lösung des Falles abgeleitet, Franz aber konnte sich keinen Reim drauf machen und beschloss, erst mal dort nachzuschauen, wo der verschwundene Dramaturg zuletzt gesehen worden war.

Der Weg zum Schlüsselkasten im Vorzimmer des Intendanten war frei. Ob er hätte nachfragen sollen? Egal, er hatte einen Auftrag, also schnappte er sich den Schlüssel mit dem Anhänger „Così". Draußen vor dem Theater umkurvten gerade zwei Skateboarder die verschmierte Bude. Das Vorhängeschloss ließ sich leicht öffnen, die Tür aber ließ sich nur mit viel Kraft aufschieben. Um reinzukommen, musste Franz einen Tisch beiseiteschieben, auf dem Kartons standen. Auch auf dem Boden: überall Kisten mit Schaumwein. Franz griff eine Flasche und fummelte am Etikett. Es war überklebt: Wo vorher „Asti" gestanden hatte, prangte nun „Così". Franz schaute sich im Halbdunkel um. Da waren überall diese Kartons, auf und unter Tisch und Stühlen, an den Wänden und auch mitten im Raum. Es mussten hunderte sein. Über tausend Flaschen, schätzte Franz. Hatte Hegebeil das mit dem Pächter der Bude ausgeheckt? Hatte er sich verschuldet, Geld des Theaters veruntreut? Franz schaute die Wände an, als stünde dort die Antwort, dabei hingen da nur alte Theaterplakate: „Romeo und Julia", „Cabaret", „Orpheus in der Unterwelt", „Ein Sommer auf dem Lande"... Moment, was? Orpheus? In der Unterwelt? Sein Blick ging instinktiv zu seinen Füßen. Darunter lag die Tiefgarage. War Hegebeil dort verschwunden? Schwierig. In der Pandemie parkte dort ja kaum jemand. Also vielleicht Orpheus im Souterrain, im Basement, im Tiefparterre?

Franz verließ das „Così", ging am Hauptpförtner und an der Kantine vorbei durch einen Gang bis zu einem Treppenhaus auf der Rechten. Ganz unten angekommen, sah er sich um. Hatte Hegebeil hier irgendwo „Orpheus" spielen wollen? Hatte er sich verlaufen? Das Staatstheater war ja labyrinthisch. Die Chefdramaturgin hatte Franz am ersten Tag gewarnt, er solle aufpassen, dass er sich nicht verirrt. Es seien schon Praktikanten spurlos verschwunden. Er hatte das für einen Witz gehalten, war sich aber jetzt nicht mehr so sicher. Den Geschossplan des Theaters hatte er sicherheitshalber fotografiert, doch je länger er jetzt auf dem Display seines Telefons herumwischte, desto weniger verstand er ihn. Und schon nach wenigen hundert Metern, hatte er keine Ahnung mehr, wo er war.

Schließlich kam Franz an diese Feuerschutztür, hinter der ein Schacht mit einer steilen Eisentreppe lag, die noch tiefer führte. Unheimlich, aber auch unheimlich aufregend. Man muss den Dingen auf den Grund gehen, das hatte er vom alten Herrn Beck gelernt. Und der Grund war noch lange nicht erreicht. Also stieg er tiefer hinab, in eine Etage, die definitiv nicht auf dem Plan des Theater verzeichnet war. Vor ihm flackerte die Notbeleuchtung. Franz ließ sein Handy-Display leuchten und ging entschlossen voran. Dass der Akku bei 13 Prozent stand, bemerkte er nicht. Seine Schritte hallten durch den Gang. Wahrscheinlich wäre er weit weniger forsch unterwegs gewesen, wenn er sich nur einmal umgeschaut hätte. Hinter ihm war das Licht nun völlig erloschen. Doch Franz schaute nur nach vorn, dorthin, wo die altersschwachen Neonröhren bitzelten und blitzten. Es war feucht und wurde immer kühler. Es ging geradeaus, dann teilte sich der Weg, erst einmal, dann nochmal. Franz ging erst links, dann rechts. Gehörte das alles noch zum Staatstheater, oder war er längst irgendwo anders unter der Stadt? Würde er gleich in irgendeinem Parkhaus stehen?

Er hatte keine Ahnung, wo er war. Doch als er auf dem Boden eine leere Flasche „Così-Spumante" sah, wusste er, dass er nicht ganz verkehrt sein konnte. Es ging noch einige Stufen hinauf, dann in einem Schacht mit Trittstufen tief hinab. Hier leuchtete nur noch das Taschentelefon. Der Lichtschein wackelte an der Wand entlang und fiel dann Richtung Boden. Da war doch ein Haufen! Als er tiefer stieg, erkannte er ein Häuflein Mensch: Orpheus Hegebeil hatte den Weg zurück aus der Unterwelt nicht gefunden. Franz aber hatte das Drama der Dramaturgen entdeckt: eine Bühne gesucht, das Leben verloren. Meister Beck wäre stolz auf seinen Eleven gewesen. Leider hatte sein gelehriger Schüler keine Ahnung, wie er jemals jemand davon berichten sollte, denn in diesem Moment wurde sein Display schwarz. Franz Mager war in der Theaterhölle.

Fritz Deppert ALBTRAUM

Gegen Abend, bevor die Laternen aufleuchteten, meinte er, sein Tageswerk getan zu haben. Er holte eine Flasche Rotwein aus dem Weinschrank, dazu ein großes und bauchiges Weinglas. Er stellte das Glas auf den kleinen Tisch neben seinen Sessel, an dem er nur abends saß, setzte sich, entkorkte den Wein, damit er atmen konnte. In der Regel trank Veit einen französischen Wein, einen Vacqueyras zum Beispiel, der zu seinen Lieblingsweinen gehörte, oder einen Bordeaux, der dem Jahrgang nach lange genug gelegen hatte, um seine Qualität entfalten zu können.

Während der Wein atmete, sah er durch ein kleines Fenster, das seinem Sitzort schräg gegenüber lag, die Straße entlang. Er kannte jeden Baum, jeden Busch, jedes Dach, nur die Fußgänger und die Autos auf den Parkplätzen wechselten, und manchmal flog ein Vogel vorüber, eine Taube oder eine Krähe. Er wusste, wann sich die Laterne einschaltete, obwohl sich das Tag für Tag um ein paar Minuten verschob; winterzu leuchteten sie früher auf, sommerzu später. Er beobachtete, wie sie zuerst ein schwaches Licht ausstrahlten, dann immer heller wurden, bis sie ihr volles Licht erreicht hatten. Am Ende der Straße, dort, wo sie sich perspektivisch verengte, flitzten Autos vorüber, die PKWs waren für die Augen fast zu schnell, die Busse und Lastwagen hätte er zählen können.

In Sichtweite zu dem Sessel befanden sich das Fernsehgerät und eine kleine Musikanlage. Je nach Laune oder Müdigkeit brachte er den Abend herum mit irgendwelchen Fernsehsendungen, er bevorzugte Krimi, handfeste, einfach gestrickte ohne verliebte Kommissare und Kommissarinnen und ohne Psychologen und Seelenpanoramas, oder er hörte Musik, Jazz, mit Vorliebe die alten Ohrwürmer von Duke Ellington oder Louis Armstrong. Wichtig war ihm, dass er problemlos und ohne Nachdenken zuhören und zusehen konnte und dass das, was er hörte oder sah, den Abend ausfüllte, denn es ging ihm darum, den Abend ohne Mühe hinter sich zu bringen und möglichst spät müde zu werden, um dem Schlafengehen solange wie möglich ausweichen zu können.

Veit war Lektor für verschiedene kleine Verlage. Er korrigierte die Rechtschreibung von Autoren, die für die Veröffentlichung ihrer Bücher zahlten, änderte auch behutsam Textstellen, die zu plump waren, und erstellte ein druckfertiges Layout. Darüber hinaus lieferte er den Verlagen Inhaltsangaben, Kladdentexte und Vorschläge für die Werbung. Damit kam er über die Runden, zudem die Wohnung ererbtes Eigentum war.

In stillen Stunden, wenn nichts Akutes an Arbeit vorlag und er die Muße hatte, sich ganz seinen Gedanken zu überlassen, schrieb er Gedichte, die er jedoch nicht aus der Hand gab. Manchmal waren es auch kleine Monologe oder sogar Entwurfsskizzen für längere Prosawerke. Sie stapelten sich in einer seiner Schreibtischschubladen. Zuunterst lagen die handgeschriebenen Wortergüsse aus der Schulzeit. Damals nannte man solchen Texte Primanerlyrik.

An der allmählich wachsenden Höhe des Stapels konnte er sein Alter ablesen. Seine Eltern lebten nicht mehr. Außer törichten Jugendschwärmereien, die ihn heute noch zum Erröten brachten, hatte er nie in einer festen Partnerschaft gelebt. Er wollte es einfach nicht. Warum nicht, das hatten ihn schon seine Eltern vergeblich gefragt.

Nach ersten Enttäuschungen gab es auch keine Freunde mehr. Nichts schmerzt mehr, als von einem Freund enttäuscht oder bloßgestellt zu werden.

Das Abitur hatte er auf Wunsch seiner Eltern abgelegt. Es war ihm leicht gefallen. Ein Studium der Kulturwissenschaften hatte er ebenfalls nach langer Studienzeit leidlich erfolgreich, aber folgenlos hinter sich gebracht. Wer bot einem Einzelgänger ohne jedes Netzwerk und ohne jeden Ehrgeiz eine Stelle an!

Die Lektoratsarbeit verdankte er seinem Vater, der zu Lebzeiten als Prokurist in einer Druckerei gewirkt hatte und oft um Gegenlesen gebeten hatte, weil er um Veits Sicherheit in der Sprachbeherrschung wusste. Wahrscheinlich auch, um ihn wenigstens auf diese Weise in eine Beschäftigung zu locken.

Alles in allem waren die Abende seine eigentlich Lebenszeit. Zwischen Musik und Wein und unaufgeregten Fernsehsendungen fühlte er sich wohl. Es machte ihm sogar Vergnügen, sich durch die Programme zu zappen und zufällig Entdecktes anzuschauen. Mal war es ein Tierfilm, mal exotische Landschaften. Nur bei Talkrunden und Liebesfilmen zappte er rasch weiter.

Auf diese Weise verzögerte er das Zubettgehen. Erst spät am Abend, eigentlich schon in der Nacht, jedenfalls nach Mitternacht, wurde er unruhig, seine Zufriedenheit verlor sich und wurde zur unangenehmen Spannung. Es begann, wenn er spürte, wie die Müdigkeit Macht über ihn gewann und es unausweichlich wurde, ins Bett zu gehen. Er hatte sich wenige Male widersetzt und war im Sessel eingeschlafen, danach jedoch mit Kopfschmerzen und Nackenverspannungen aufgewacht.

Zunächst rutschte er unruhig in seinem Sitz hin und her, trank hastiger, zappte schneller, sah und hörte kaum noch, was sich auf dem Bildschirm abspielte. Sein letzter Versuch, gegen die Müdigkeit anzukommen, führte ihn auf den kleinen Balkon. Die Frische der Nachtluft und die Stille, die nichts Bedrückendes hatte, halfen einige Minuten lang.

Vor ihm lagen die Dächer und oberen Hausteile als schwarze Geometrien. Aus ihnen heraus ragte der Turm der Johanneskirche mit seiner neugotischen Spitze, fahl beleuchtet, nur die goldene Uhr, deren oberen Rand er sehen konnte, leuchtete golden. Ihre Viertelstundenschläge erinnerten an das Fortschreiten der Zeit. Rechts neben und über dem Turm blinkte hell und zuverlässig Nacht für Nacht die Venus.

Schließlich gab er seinen Widerstand auf und ging zu Bett, in der Hoffnung, müde genug zu sein, um tief und traumlos schlafen zu können. Traumlos, das war das Wunsch-wort. Nur in wenigen Nächten ließen ihn die Träume unbelästigt, dann repetierte er im Schlaf, was er am Tag lektoriert hatte, nicht Wort für Wort, aber in großen Zügen, registrierte übersehene Fehler und fing an, die Texte umzuschreiben. In besonders guten Nächten rezitierte er eigene Gedichte und korrigierte auch sie durch Streichungen, Ergänzungen und den Austausch von Wörtern. Die ihm im Traum oder besser gesagt im Halbschlaf einfallenden Änderungen stellten sich, insofern er sie am Morgen noch wusste, oft als Verbesserungen dar.

Die anderen, zahlreicheren Nächte waren seine Angstnächte, wie er sie nannte. Das lag an den Albträumen, die ihn heimsuchten, sobald er eingeschlafen war. Schon als Kind hatte er diese quälenden Träume. Sein Vater tat sie ab mit der Bemerkung, er habe zu viel Fantasie. Die Mutter erlaubte ihm, das Licht anzulassen. Sie löschte es, wenn er eingeschlafen war. Doch die Träume setzten ihm weiter zu; er wachte auf, sah, wenn das Licht nicht mehr brannte, in allen Ecken des Zimmers Schattengespenster, die ihn bedrohten. Daraufhin zog er die Decke über Kopf, schlief ein, wachte schweißgebadet wieder auf, und das bedrohliche Ereignis setzte sich zwischen den Schränken und Wänden fort.

Diese Albträume verfolgten ihn noch immer. Nur ihre Inhalte hatten sich verändert und ein Licht anzulassen half nicht, sie zu vertreiben.

Er träumte in unterschiedlicher Reihenfolge sich wiederholende Bedrohungen. Ein Eindringling kam auf ihn zu, er erwachte, aber nur im Traum, wollte schreien und brachte keinen Ton aus dem vor Angst offenstehenden Mund. Der Schrei blieb ihm, wörtlich genommen, im Hals stecken.

Ein anderes Mal rannte er in einer düsteren Umgebung, die er nur als Schatten wahrnahm, vor einem Verfolger weg, der ihn umbringen wollte, kam jedoch keinen Schritt vorwärts, während der Andere immer näher kam. Er rannte auf der Stelle. Außer seiner Stimme waren in diesem Traum auch die Beine gelähmt. Von diesen Träumen her wusste er, was ein stummer Schrei ist und was es heißt, auf der Stelle zu treten.

In einem dritten sich wiederholenden Traum glaubte er zu erwachen und in einer Kiste eingesperrt zu sein. Er schlug erfolglos um sich. Wo er hinschlug, spürte er Wände. In diesem Traum schrie er so laut, dass er von dem eigenen Schrei aufwachte.

Ebenfalls laut schrie er, wenn er im Traum fiel, ohne ein Ende das Falles absehen zu können und ohne zu wissen, warum und wohin er fiel. Es war, als zöge ein schwarzes Loch ihn in einer unendlichen Spirale saugend in sich hinein.

Sehr viel harmloser war es, wenn er erwachte, weil er Geräusche in der Wohnung gehört hatte, und fürchtete, ein Eindringling käme, um ihn zu überfallen und auszurauben, obwohl es wenig auszurauben gab. Wer raubt schon Bücher? Dann spähte er durch die offene Schlafzimmertür gegen das Dämmerlicht der Laternen, das von draußen durch die Fenster kam, und griff nach dem Messer, das auf dem Nachttischgestell in Reichweite lag.

Es war ein iranisches Jagdmesser, das ihm einer seiner Autoren geschenkt hatte, gefährlich scharf und spitz, im Horngriff Einlegemuster, wohl aus Perlmutt. Wenn man die Klinge anfasste, schnitt man sich. Nachdem er es einmal aufgeklappt hatte, hatte er den Mechanismus nicht gefunden, der ermöglichte, dass man es wieder zuklappen konnte.

Die Nacht, von deren Ende unsere Geschichte handelt, war relativ ruhig verlaufen, er erinnerte sich jedenfalls an keines der ihn beunruhigenden Traummuster. Veit fühlte sich ausgeschlafen, hatte Lust aufzustehen und freute sich auf das Frühstück.

Bevor er die Küche betrat, wollte er in seinem Arbeitszimmer das Manuskript holen, das er an diesem Tag zur Überarbeitung vorgesehen hatte, um darin zu blättern, während er Tee trank. Auf der Schwelle bot sich ihm ein Anblick, der seinen Körper und seine Gedanken erstarren ließ. An seinem Schreibtisch saß ein Mann nach vorn gebeugt, den Kopf auf die Tischplatte gelegt, in seinem Rücken steckte ein Messer, um das Messer herum breitete sich ein Blutfleck aus.

Als sich die Starre löste, ging er mit immer wieder zögernden Schritten auf den Mann zu. Er versuchte das Gesicht zu erkennen. Es war ein Fremder. Er hatte ihn nie zuvor gesehen, nicht einmal als Verfolger in seinen Albträumen. Der Blässe des Gesichts, den weit aufgerissenen Augen und dem offenen Mund nach war er tot. Ermordet.

Veit eilte in das Bad, füllte die Handmulden mit kaltem Wasser und drückte sie gegen das Gesicht. Dabei stellte er fest, dass es keine Blutspuren an seinen Händen oder am Schlafanzug gab. Als die Kühle des Wassers wirkte, kam er zu dem ihn sehr beunruhigenden Schluss, dass er sich nicht in einem Traum befand. Der Tote, der Mord, das Messer in seinem Rücken waren real.

Trotzdem ging er zurück, um sich endgültig zu vergewissern. Seine Wunschvorstellung, dass die Leiche nicht mehr dort saß und er sich alles eingebildet hatte, erfüllte sich nicht. Im Gegenteil. Sein Entsetzen wuchs, als er erkannte, dass das Messer im Rücken des Mannes sein iranisches Jagdmesser war. Es gab nicht die geringsten Zweifel.

Er torkelte zum Telefon, wählte den Polizeinotruf. Als ihn eine sachliche Stimme nach Namen und Adresse fragte, hängte er wieder ein. Aus der Toilette holte er ein Blatt Feuchtpapier und wischte behutsam, um die Wunde und den Blutfluss nicht zu vergrößern, den Horngriff des Messers ab. Das Tuch spülte er durch die Kloschüssel in den Abwasserkanal.

Danach setzte er sich, was er am Morgen sonst nie tat, in seinen Abendsessel, um zu bedenken, was geschehen war, was zu tun sei und wie er diesem Albtraum entkommen könne. Von der Liebigstraße her näherte sich das Geräusch der Sirene eines Streifenwagens.

Alex Dreppec KÖRPERNAH UND PRÜFUNGSRELEVANT

Nachdem die Sitzung spät am Abend beendet war, standen drei Mitglieder der Lerngruppe noch im Park nahe der Technischen Universität beieinander. „Er wird uns fertig machen, durch das ganze Gebiet jagen. Wie konnten wir nur Froh als Prüfer wählen! Ich war von Anfang an dagegen …", sagte der Größte der Studenten. „Bei ihm wissen wir wenigstens, was er fachlich will, und denke einmal an die Alternativen … soweit ich mich erinnere, Thomas, hast du selbst auch am Ende für Froh gestimmt", entgegnete der Kleinste in der Runde. Thomas hatte die Launen Frohs immer auf dessen sexuelle Aktivität oder, je nachdem, Nichtaktivität am Vortag zurückgeführt. Jetzt betete er demonstrativ zu den Frauen dieser Welt, Gnade mit dem Prüfer zu haben, damit dieser Gnade mit ihnen habe. „Das wird wohl nichts", kommentierte der Kleine trocken. „Ich habe gehört, dass sich seine Freundin gerade von ihm getrennt hat. Das merkt man auch". „Sven, das ist doch wieder nur so'n Gerücht", antwortete ihm Thomas. „Man merkt, dass es stimmt. Dir ist doch auch aufgefallen, dass er in letzter Zeit extraschlecht drauf ist", gab Sven zurück. Es war allen aufgefallen. „Er müsste rasch eine Eroberung machen … vielleicht kann ich Karin bitten, direkt vor der Prüfung wie zufällig mit ihm zu flirten … Nein, das würde sie nicht machen …", überlegte Thomas laut. „Denkt ihr echt, dass das so wichtig ist?", wandte der Dritte ein. „Du kennst doch die Geschichten … wir werden's sehen, fürchte ich", antwortete Sven.

„Man müsste jemanden anheuern, ein Callgirl", sagte Thomas nach einer Pause.

Geld hatte Thomas, oder besser gesagt seine Eltern, reichlich zur Verfügung – und daraus, dass er mit Callgirls Erfahrung hatte, hatte er nicht gerade ein Geheimnis gemacht. Der Dritte hatte schon die ganze Zeit nervös auf die Uhr geblickt und verabschiedete sich jetzt abrupt. Thomas sprach zu Sven: „Ich mache das. Ich weiß auch schon, wen ich frage. Das einzige Problem ist, wie kommt sie unauffällig an ihn ran? Wir müssten wissen, wohin er geht, wenn er ausgeht …". Sein Gegenüber war anderer Meinung: „Hm. Denk' mal an meinen Marktforschungsjob! Sie kann vorgeben, eine Umfrage durchzuführen und dann …". Thomas unterbrach ihn jubilierend: „Ja! Es fällt niemandem auf, wenn ich einen deiner Fragebögen nehme. Die, an die ich denke, die ist schlau, der wird er die Rolle abnehmen! Ich rufe sie heute Nacht noch an". Die beiden malten sich noch etwas aus, wie das Ganze wohl ablaufen werde, und verabschiedeten sich dann voneinander.

Am Abend vor der Prüfung kam Froh von einem Spaziergang nach Hause, als er in der unmittelbaren Nähe seines Hauses eine Frau bemerkte, die etwas zu suchen schien. „Kann ich Ihnen helfen?", fragte er höflich. „Das hoffe ich. Ich suche jemanden, mit dem ich eine kurze Umfrage durchführen könnte", antwortete sie und zwinkerte ihm zu. Froh bat sie zu sich herein. Sie las das Namensschild an seiner Tür und folgte ihm.
    Nachdem er ihre Fragen beantwortet hatte, gelang es ihm überraschend leicht, sie in ein Gespräch zu verwickeln. Sie nahm das Angebot eines Drinks an und ließ sich nachschenken. Froh fragte sie, ob sie über ihr Studium an den Job gekommen war. Sie verneinte und sagte, es sei für sie nur ein Job, sie studiere Biologie, also ein Fach, das mit Marktforschung sehr wenig zu tun habe. Sie schlug die Beine übereinander und ließ ihren Rock über ihre Knie nach oben rutschen. Froh bemerkte, dass sie lebhafter reagierte, wenn es um ein anderes Thema ging. Das sollte ihm recht sein. Wie zufällig berührte sie immer öfter die Hände Frohs, der sich bemühte, sich interessant zu machen. Sie wich seinen Blicken nicht aus. Bald wirkten die Berührungen der Hände weniger zufällig und schnell war der Punkt überschritten, bis zu dem Froh Zurückhaltung auferlegt hatte, seitdem eine Studentin ihm einmal vorgeworfen hatte, zudringlich zu sein.

Bis zum nächsten Morgen konnte anschließend von Zurückhaltung keine Rede mehr sein. Froh dachte nicht im Traum daran, es mit einem Callgirl zu tun zu haben.

Am Morgen verabschiedete sich Frohs vermeintliche Eroberung von ihm, nicht ohne eine Adresse zu hinterlassen und ein Wiedersehen für denselben Abend zu verabreden.

Obwohl Froh sehr wenig geschlafen hatte, liefen die Prüfungen an diesem Tag sehr gut. Er war manchmal unaufmerksam und rutschte auf seinem Sitz herum, was fälschlicherweise von den meisten als Nervosität gedeutet wurde. Tatsächlich hatte er einfach große Schwierigkeiten damit, eine bequeme Sitzhaltung einzunehmen, was nur zwei seiner Prüflinge richtig erkannten. Er stellte jedoch faire Fragen, gab freundlich Hilfestellungen und benotete großzügig.

Die Arbeitsgruppe traf sich am Abend und feierte ausgelassen. Sven und Thomas behielten den Grund für Frohs gute Laune für sich und stießen auf den gelungenen Coup an.

Zur selben Zeit sank die Laune Frohs, der allein in einem großen Café saß. Seine vermeintliche Eroberung erschien nicht. Nicht nur das: Die Telefonnummer, die sie ihm gegeben hatte, gab es nicht. Schließlich fuhr Froh mitten in der Nacht den weiten Weg in die Nachbarstadt zu der angegebenen Adresse, ohne eigentlich zu wissen, was er dort tun würde. Er fand den Namen an dem Haus, das zu der Adresse passte, nicht. Er grübelte: vielleicht hatte seine Bekannte nur einen One-Night-Stand im Sinn gehabt. Froh beschloss abzuwarten, ob sie sich doch noch melden würde.

Das tat sie nicht. Er konnte jedoch nicht aufhören, an sie zu denken. Ein paar Anhaltspunkte hatte er ja: Vielleicht stimmte der Wohn- und Studienort und das Studienfach, das sie ihm genannt hatte. Außerdem hatte sie das Institut benannt, das sie mit der Umfrage beauftragt hatte, es war auch im Fragebogen selbst angegeben gewesen. Er kannte dieses Institut, einige seiner Kollegen hatten sogar geschäftlich damit zu tun.

Er beschloss, an einem der folgenden Tage in die von ihr angegebene Nachbarstadt zu fahren. Dort durchstreifte er erfolglos die Universität und die Mensa. An einem weiteren Tag ergab sich auf diese Weise ebenfalls nichts.

Er dachte zurück an den Abend, als die Vermisste, die ihm schon beinahe unwirklich vorkam, bei ihm auftauchte, daran, wie ungewöhnlich spät für eine Umfrage sie aufgetaucht war. Soweit er es wusste, hielt man sich zudem bei der Marktforschung üblicherweise an vorgegebene Adressen und suchte nicht einfach irgendjemanden. Er hatte damals keinen weiteren Gedanken daran verschwendet, da er von dem Moment an, in dem er sie gesehen hatte, abgelenkt war.

Es gab noch Möglichkeiten, ihr auf die Spur zu kommen: Er rief bei dem Institut an, das die Umfragen durchführte, und erzählte, eine Frau, deren Namen er vergessen habe, habe bei ihm eine Umfrage durchgeführt und einen persönlichen Gegenstand liegenlassen, einen auffälligen Armreif, wie ihn seine Besucherin tatsächlich getragen hatte. Sein Gesprächspartner erkannte dieses Schmuckstück nicht und reagierte recht gleichgültig. Froh kam nicht weiter.

Resigniert verließ er sein Büro und ging Richtung Mensa, um zu essen. Dort traf er zwei der Studenten, die er an dem einen glücklichen Tag geprüft hatte. Er stellte sich neben sie, wechselte ein paar Worte mit ihnen und bemerkte, dass einer von ihnen rasch ein Papier unter andere schob – es ragte aber noch ein wenig heraus. Froh erkannte, dass es sich um einen Fragebogen handelte, wie ihn seine vermeintliche Eroberung benutzt hatte. „Verdienen Sie so etwas nebenher?", fragte er den Studenten. „Womit?", fragte dieser erschrocken zurück. „Hiermit, mit diesen Fragebögen". „Ja, schon, ab und zu ...". Der Student versuchte, Frohs Blicken auszuweichen. Der zweite der beiden Studenten funkelte den ersten böse an und versuchte ihn mit den Worten „Wir müssen jetzt gehen" am Arm wegzuziehen. Froh sagte bestimmt: „Einen Moment noch", und fragte den ersten aus: Ob er eine Frau mit braunen, langen Haaren kenne – er kam nicht dazu weiterzusprechen, denn der zweite Student, den er gar nicht mit angesprochen hatte, verneinte sofort hastig, so als ob solche Haare eine ganz große Seltenheit wären und er alle Personen kenne, die der eigentlich Angesprochene jemals getroffen hatte. Sein Kompagnon zog ihn nun recht grob am Arm weg und sagte nervös: „Wir müssen jetzt wirklich weiter".

Gerade dieser zweite Student war Froh immer durch ein unangenehmes, unerschütterlich selbstsicheres Auftreten aufgefallen. Je mehr er darüber nachdachte, umso sicherer erschien es ihm, dass der Mann etwas wissen musste. So entschloss er sich in seiner unverminderten Not dazu, ihn zur Rede zu stellen. Er erinnerte sich seines Namens: Thomas Marks. Er besorgte sich seine Adresse und suchte ihn am Abend auf. Marks war nicht zuhause. Es war der Tag der letzten Prüfungen, fiel Froh ein. Er dachte sich, dass Marks das sicher irgendwo feierte. Er wartete also mehrere Stunden vor seinem Haus.

Spät in der Nacht kam der Erwartete dann auch sichtlich betrunken alleine nach Hause. Froh stellte sich ihm in den Weg. Marks blieb stehen. Er wankte leicht, hatte aber sein unerschütterliches Selbstvertrauen offenbar wiedergewonnen. „Was willst du denn?", fragte er Froh, den er nie zuvor geduzt hatte. Froh versuchte, ihm zu erklären, dass er den Eindruck habe, Marks wisse etwas über eine hübsche, braunhaarige Marktforscherin, was auch er wissen sollte. Marks antwortete ihm nur: „Hau ab, du erfährst von mir gar nichts", und lachte. Er lachte ihn offensichtlich aus. Froh packte Marks am Kragen, dieser riss sich los und stieß ihn weg. Er lachte immer noch und rief: „Du kannst mir gar nix mehr! Denkst wohl, du hättest sie erobert! Wir haben sie dir geschickt, damit du gut prüfst! Bezahlt war sie, was denn sonst?" Marks tänzelte mit obszönen Gesten vor Froh herum, der ihn mit aufgerissenen Augen anstarrte. „Sie ist gut, nicht? Ich habe sie nämlich schon lange vor dir gefickt. So etwas Gutes hast du gar nicht verdient, hättest du auch nie erlebt ohne mich". Froh schien für einen Augenblick wie gelähmt, dann durchfuhr es ihn und er schlug Marks mit einem einzigen Fausthieb nieder.

Am nächsten Tag erschien Froh nicht in der Universität. Er saß zuhause, voller Rachegedanken. Es stimmte nicht, dass er Marks nichts mehr anhaben konnte. Dieser hatte sich dazu entschlossen, seine Diplomarbeit nach den Prüfungen zu schreiben - und zwar bei einem Freund Frohs. Wenn Marks wieder versuchen würde zu tricksen, würde er mit schärfster Aufmerksamkeit rechnen müssen. Außerdem glaubte Froh aufgrund einiger zufälliger Begegnungen zu wissen, dass Marks seit langem eine feste Freundin hatte, die von seinen Besuchen bei Callgirls wohl nichts wusste. Hoffentlich war seine Nase gebrochen. Er würde deswegen jedenfalls kaum etwas gegen Froh unternehmen, wie sollte er den Vorfall auch erklären. Das minderte Frohs Rachegedanken etwas.

Was nicht nachließ, war Frohs Wunsch, das Callgirl wiederzusehen. Ella war mit etwas Glück gegenüber allen oder zumindest mehreren Kunden ihr „Künstlername". Und tatsächlich fand er auf einschlägigen Seiten im Internet eine Ella, deren Gesicht auf den werbenden Fotos zwar nicht zu erkennen war, die aber ansonsten die Gesuchte sein konnte. Sie hatte einen Leberfleck ziemlich genau da, wo Frohs Bekanntschaft auch einen gehabt hatte.

Er rief sie an, auch die Stimme schien zu passen, und erhielt einen Termin.

Als Treffpunkt wählte er ein Hotel in jener für ihren Rotlichtbereich einschlägig bekannten Nachbarstadt, denn er war sicher, dass sie nicht klingeln würde, wenn sie sein Haus einmal erkannt hätte. Ihre Dienste waren teuer, Froh hatte keine Vorstellung gehabt, dass solche Summen im Spiel sein könnten. Marks hatte sich offenbar nicht lumpen lassen, er hatte im Gegenteil sicher sogar noch einen hohen Aufpreis zahlen müssen für das Extraarrangement – inklusive Vorbereitungszeit, denn die Dame hatte im Umgang mit dem Fragebogen nicht unsicher gewirkt.

Am Abend des verabredeten Tages ging er schon einige Zeit vorher in die Lobby des angegebenen Hotels, in dem er ein Zimmer gebucht hatte, auch wenn er nicht glaubte, dass er es tatsächlich brauchen würde. Er wartete, blickte hinaus auf die Straße und versuchte sich zu erinnern, wann sich das letzte Mal so viele für ihn wichtige Szenen bei Dunkelheit abgespielt hatten. Er saß etwas abseits, wollte sich ihr zunächst nicht zeigen.

Sie war es tatsächlich. Sie betrat die Lobby und blickte in die Runde, kein bisschen verunsichert, sah ihn jedoch nicht. Froh wartete, bis sie ihren Mantel ausgezogen und sich gesetzt hatte. So konnte sie nicht gleich verschwinden, wenn er sich ihr nähern würde. Sie machte dazu allerdings dann auch keinerlei Anstalten. Für einen kurzen Moment schien sie ihn nicht zu erkennen, als Froh sie begrüßte, dann lehnte sie sich zurück, erschrocken und verblüfft zugleich und pfiff leise durch die Zähne. „Du weißt also Bescheid", sagte sie. Und fragte nach einer Pause: „Wie hast du mich gefunden?". Froh gab ihr erst eine kurze Erklärung, dann das Geld und sagte: „Du kannst jetzt gehen, wenn du willst." Sie blieb jedoch sitzen, und so erzählte er ihr die ganze Geschichte. Auch sie erzählte: Sie studierte tatsächlich, aber nicht das, was sie ihm genannt hatte, und auch nicht an dem von ihr angegebenen Ort. Den richtigen Ort und das richtige Fach wollte sie ihm noch nicht nennen, auch nicht ihren richtigen Namen. „Vielleicht später", sagte sie. Er drängte sie nicht. Es wurde ihr klar, dass sie von ihm nichts zu befürchten hatte. Der Gedanke, dass sie jemand so gesucht hatte und ihr nun selbst unter den gegebenen Umständen ganz offensichtlich nicht böse war, gefiel ihr. Natürlich fragte er sie nach einiger Zeit, warum sie Callgirl sei. „Wegen des Geldes und weil es mir manchmal sogar Spaß macht", sagte sie und sah ihn an.

Thomas Fuhlbrügge OH LILIEN, OH LILIEN

„Mehr dürfen wir nicht 'reinlassen. Es sind eh keine gedruckten Eintrittskarten mehr da!" Vereinskassierer Dölp hielt den grauen Hörer ans Ohr.

„Aber hier stehen noch Hunderte. Das sind treue Fans. Wir haben doch noch diese Endlosrollen mit den Abreißkärtchen für die Jugendspiele." Ein Krächzen aus dem Telefon.

„Dann gib die aus. Nimm von jedem zehn Mark. 1981 gegen die Bayern waren 30.000 drinnen. Die sollen halt alle zusammenrücken."

„Gut, ich geb's weiter." Klick.

Noch fünf Minuten bis zum Anpfiff. Strahlend blauer Himmel. Bestes Fußballwetter. Die Lilien in Weiß, die Mannheimer in gestreiftem Blau. Eben erklang *Lilien, o Lilien* durchs Rund. Trainer Schlappner gab letzte Anweisungen. Dann stapfte er zurück zur Trainerbank. Lange saß er nie. Sie hatten sich dieses Relegationsspiel gegen Waldhof redlich verdient. Platz drei hinter den *Stuttgarter Kickers* und dem *FC St. Pauli*.

Hier, tief unter der Haupttribüne, hörte man davon wenig. Als Kassierer war er bei jeder Begegnung im Stadion und er hatte doch kaum eine je gesehen. Fritz Dölp schaltete sein Radio ein. Er persönlich hätte Rainer Berg nicht ins Tor gestellt. Seit dem 102-Meter-Tor bei Fortuna Köln vor drei Jahren war Wilhelm Huxhorn sein Held. *Ziiieh, Willem, ziiiiiieh!* – schallte es seither im Stadion.

Es klopfte. Ohne eine Antwort abzuwarten, betrat Gerd Günsche den Raum. Zwei Geldkassetten in den Händen. „Kannst anfangen zu zählen, Fritze. Lässt Schlappi den Gu doch tatsächlich auf der Bank."

„Der hat keine Luft für neunzig Minuten."

„Brauchst du Hilfe bei dem Zaster?"

„Gern Gerd, aber du willst dir doch das Spiel ansehen."

„Ich gehe in der Halbzeit hoch. Bis dahin müssten wir fertig sein."

„Vielleicht dauert es länger. Bei solchen Zuschauerzahlen."

Sie hörten den Anpfiff aus dem Radio. Dumpf drangen die Anfeuerungsrufe durch den Beton. Dann Totenstille. 0:1 schon in der zweiten Minute. Dimitrios Tsionanis. Trotzige Lilien-Schlachtrufe. Dazu ein erster Böller aus dem Darmstädter Block.

„Wenn bei 30.000 Zuschauer jeder im Durchschnitt 15 Mark pro Karte bezahlt, dann sind da fast eine halbe Million drinnen." Ganz am Rand der Haupttribüne kauerte Adi Mielke.

„Wie hast du die Waffen 'reingeschmuggelt? Foul, das war von hinten! Richtig, Gelb!" Die Waldhof-Fans auf der Gegengerade jubelten noch. Einer zündete einen Bengalo. Polizei marschierte auf.

„Bin letzte Woche 'rein. Da standen alle Tore offen. Im Spülkasten vom Klo. Wasserdicht verpackt."

„Und du glaubst, dass wir anschließend einfach nach draußen spazieren können?"

„Bis die merken, was los ist, sind wir längst untergetaucht."

Jo Kowalski war nicht überzeugt. „Ich hab' noch Bewährung und will nicht wieder in den Bau. Wenn wir Gewalt anwenden müssen, gehts nach Butzbach." Nervös fuhr er sich durch seine lange Dauerwelle.

„Die bauen jetzt in Weiterstadt eine neue U-Haft. Soll ein richtiger Luxusknast werden."

„Ich habe schon alle von innen gesehen. Luxus gab es da nie!"

„Doch, hab's gelesen. Mit Hallenbad und offenen Wohngruppen."

Kowalski schaute ungläubig zu seinem Komplizen. Vor vier Jahren hatten sie sich kennengelernt. Später ein Ding in Dieburg gedreht. Dann zwei Tankstellen. Jetzt das Darmstädter Stadion. „Wann schlagen wir los?"

„Kurz vor Schluss. In der Halbzeit gehen wir die Knarren holen. In der 70.

Minute stehen wir auf, als ob wir gehen wollten. Dann nach hinten und den Ordner am Eingang zur Geschäftsstelle überrumpelt. Im Gebäude 'rauf zum Kassierer. Der bleibt immer in seinem Raum, das ganze Spiel."

„Woher weißt du das alles?"

„Mein Kumpel Udo jobbt als Ordner. Der hat alles ausgekundschaftet. Für 10 Prozent Beteiligung. Jetzt steht er im Lilien-Block und heizt den anderen ein. Du wirst sehen: Nachher gibts Krawall. Und wir? Rein, raus. Mach dir keine Sorgen und genieße das Spiel."

„Wie denn? Die Waldhöfer führen doch!"

„Das sieht gut aus." Die Geldscheine türmten sich. Eine Zählmaschine ratterte. Münzen wurden mit buntem Papier zu Rollen gebunden.

„Nur, was das Geld angeht." Gerd Günsche fingerte eine Banderole um einen Stapel 10-Mark Scheine. „Sportlich läuft es nicht. Wenn wir noch ein Tor fangen, sehe ich schwarz für den Aufstieg."

Von draußen drangen Schreie und wüste Beschimpfungen in den Raum. Das Radio krächzte: *„Emich… Güttler verfolgt ihn und grätscht hinein. Wie entscheidet der Schiedsrichter? Güttler hat schon Gelb. Er zückt die Rote Karte. Mannheim ist nur noch zu zehnt"*.

„Geh' schon rauf. Ich schreib' noch die Belege und mach' den Tresor zu."

Günsche erhob sich. „Hast du eine Ahnung, wie viel es ist? Falls ich dem Präsidenten begegne, will ich ein bisschen prahlen."

Friedrich Dölp überflog einige Blätter. „Ich schätze gut vierhunderttausend. Dazu kommen noch die Fernsehgelder."

„Prima Sache, die Liveübertragung. Sogar mein Onkel in der DDR schaut das Spiel."

Der Hauptkassierer putzte seine Horst-Tappert-Brille am Hemd. „Wusste gar nicht, dass der Westfernsehen hat."

Den Eingang zur Toilette erkannte man an einer endlosen Warteschlange. Kowalski und Mielke standen brav in der Reihe. In kleinen Schritten kamen sie vorwärts.

„Geh' da nicht rein, Kumpel. Das Ding ist total verstopft." Ein Lilienfan trat aus der Kabine. Die Kloschüssel war bis zum Rand gefüllt. Es stank erbärmlich.

„Ich muss aber kacken!" Mielke zwängte sich in den schmalen Raum.

„Dann viel Erfolg. Papier ist auch keins mehr da." Der Mann verließ, ohne sich die Hände zu waschen, den Toilettenraum. Kowalski würde vor der Tür Schmiere stehen. Das war wörtlich zu nehmen. So sehr klebte der Boden.

Von draußen ertönte der Anpfiff zur zweiten Halbzeit. Mielke stieg auf die Kloschüssel und tastete in den Spülkasten. Das glitschige Plastikpaket war auf den Grund gesunken. Fluchend rutschte er ab und trat platschend in die Toilettenschüssel. Fäkalien schwappten über den Rand und liefen unter der Kabinentür hindurch.

„Ist der Typ ins Klo gefallen?" Gelächter von hinten. Draußen gedämpfter Jubel. Stille im Raum. Das falsche Team hatte getroffen. Nur neunzig Sekunden nach Wiederanpfiff. In Unterzahl. Waldhof Mannheim führte 2:0. Die Umstehenden vergaßen ihren Harndrang und liefen zu ihren Plätzen zurück.

Adi Mielke kam aus der Kabine. Böller knallten aus dem Darmstädter Block in Richtung Gästefans. Der Gangster wischte an seinem Hosenbein.

Auf dem Weg zu ihren Plätzen kamen ihnen Polizisten entgegen. Anscheinend wurden sie hier abgezogen, um auf mögliche Fan-Krawalle vorbereitet zu sein. „Wenn wir verlieren, gibts Krieg mit den Mannheimern. Dann achtet niemand mehr auf die Räume hier im Gebäude."

Inzwischen kam Gu für Scholz. Darmstadt drückte. Ein Schuss aufs Tor wurde abgeblockt und Gutzler kam frei zum Schuss. Tor! Nur noch 1:2. In der 63. Minute.

Jo Kowalski bekam eine Ladung Bier ins Genick. Normalerweise würde er jetzt die

Fäuste fliegen lassen und dem Typ mit der Vokuhila-Frisur eins „in die Fresse" geben. Aber er beließ es bei einem ärgerlichen Blick über die Schultern.

Blicke zur Anzeigetafel. Ein rotes Dreieck mit der Stadionuhr. Darunter klackerten die Textzeilen mit dem Ergebnis. Wie bei einer Bahnhofsanzeige. „Gleich gehts los." Mielke erhob sich.

Ein Fehlpass der Mannheimer drei Minuten später. Direkt auf Posniak. Der schoss und traf zum 2:2. Riesenjubel. Eine Leuchtkugel. Diesmal aus der Waldhof-Ecke. *Das Abbrennen von Feuerwerkskörpern ist verboten!* Zuschauer rüttelten an den Trenngittern zwischen den Fangruppen. Einige kletterten auf Zäune. Bierbecher und Feuerzeuge flogen in beide Richtungen. Weitere Rauchkerzen. Nebel wallte bis zum Rasen. Eine Unterbrechung oder gar der Abbruch des Spiels drohten.

Es war soweit. Die beiden Gangster standen auf. Die Treppe hinunter. Kein Mensch zu sehen. Selbst die Getränkeverkäufer hatten ihre Buden verlassen. Die Masken auf. Ein einsamer Ordner stand am Eingang zur Geschäftsstelle. Jetzt bekam er einen Pistolenlauf in den Bauch gedrückt. Ein Schlag. Die Stufen hinauf. Nach links in einen Gang.

Ohrenbetäubender Jubel von draußen. Guuuuuu schallte es von den Rängen. Der Chinese hatte das 3:2 für Darmstadt geschossen. Drei Tore in zehn Minuten!

Die Tür zum Kassenraum. Sie war einen Spalt geöffnet. Kowalski trat sie vollständig auf. Ein älterer Mann in einem Cord-Anzug sah von einem Schreibtisch auf. Er war kreidebleich.

„Alles einpacken, was im Tresor ist!" Kowalski warf dem Kassierer mehrere zusammengeknüllte Hertie-Plastiktüten hin.

„Ihr kommt zu spät. Vor ein paar Minuten waren schon zwei Gestalten da und haben alles mitgenommen."

Ungläubig sahen die Eindringlinge den Mann an. Jetzt erst merkten sie, dass der Kassierer an Händen und Füßen gefesselt war. Das Telefonkabel war durchtrennt. Mielke riss die Tür des Geldschranks auf. Keine Bündel.

„Fritze, hier sind noch …" Hinter den Gangstern stand Gerd Günsche und hielt eine Geldkassette in den Händen.

Geistesgegenwärtig hob Kowalski die Pistole und schlug sie dem Mann ins Gesicht. Die Nase brach. Er nahm ihm den Eisenkasten aus der Hand.

„Los weg!" Mielke zog seinen Komplizen aus dem Raum.

„Hilfe!" und „Überfall!" Die beiden Kassierer begannen zu schreien.

Die Gangster hetzten. Die Masken 'runter. Die Pistolen unter die Jacke. Mit normalem Tempo dem Ausgang entgegen. Keiner achtete auf sie. Davor der große Parkplatz.

Vom Stadion her brandete Jubel auf. Die Lilien hatten gewonnen. Böller knallten. Musik. *Die Sonne scheint … oh Lilien, oh Lilien.*

Vor den beiden stoppte ein Mannschaftswagen der Polizei. Sie erstarrten. Ein Dutzend in grüne Kampfmontur Gekleidete marschierte an den Räubern vorbei. Gummiknüppel und Plexiglasschilder. Zudem näherte sich eine Reiterstaffel.

Pünktlich hielt die Linie 9 Richtung Hauptbahnhof. Bis auf einen Punker war der Waggon leer. Fans kamen noch keine – alle jubelten über den Sieg. Ihnen war nicht zum Feiern zumute. Erst jetzt bemerkte Jo Kowalski die Geldkassette in seinen Händen. Er blickte hinein. *Eine Spende für die Jugend der 98er.* 127 Mark in Münzen. Ihre ganze Ausbeute.

„Darf ich nachschenken?" Der Kellner hielt die Flasche Riesling über das Glas.

„Gerne. Was ist mit dir, meine Liebe?"

„Willst du mich betrunken machen?"

„Wie du meinst, meine Liebe."

„Ich muss noch mal in unsere Kabine. Wir haben doch reservierte Plätze?"

„Sicher, meine Liebe."

„Dann treffen wir uns später auf dem Achterdeck."

„Gerne, Teuerste." Zum Kellner: „Ich nehme einen Espresso an der Bar."

Bequeme Ledersessel. Am Nebentisch qualmten zwei Herren Zigarren. Ein allgemeines Rauchverbot wäre schön. Er schlug den Sportteil auf. *Aus vom Elfmeterpunkt. Die Mannheimer bleiben in der Ersten Bundesliga. In der Relegation '88/'89 wurde auf neutralem Boden in Saarbrücken nach hundertzwanzig Minuten ein Gewinner gesucht. Nach Fehlschüssen auf beiden Seiten hatte der Darmstädter Karl-Heinz Emich den Aufstieg der Hessen auf dem Fuß. Doch er scheiterte. Später wendete sich das Blatt.*

Fritz Dölp nahm den Espresso entgegen, rührte Zucker hinein, trank einen Schluck und blätterte zum Lokalteil weiter. *Räuberduo auf der Flucht. Auch eine Woche nach dem Überfall auf das Böllenfalltor bleiben Täter und Beute verschwunden. Jedoch konnte das LKA auf den zurückgelassenen Plastiktüten Fingerabdrücke von Schwerkriminellen sicherstellen. Sie waren in ein Büro vorgedrungen. Dabei verletzten sie den Kassierer Gerd G. (58) und entkamen mit über vierhunderttausend Mark ...*

Nicht einmal sein Name wurde erwähnt. Früher hätte ihn das geärgert. Dölp wurde immer übersehen. Doch jetzt war das vorteilhaft. Denn die Geschichte entwickelte sich besser als in seinem Plan vorgesehen: Das Geld aus dem Tresor nehmen und im Nebenraum verstecken. Bis er es gefahrlos holen konnte. Dann das Telefonkabel durchschneiden und sich selbst fesseln. Schließlich erschienen echte Kriminelle und das vor Augenzeugen. Die Presse befragte den Kollegen.

Mit über vierhunderttausend Mark ließ sich eine Menge anstellen. Zuerst die Kreuzfahrt mit seiner Bekanntschaft. Dann nach Mallorca. Er wollte alles zurücklassen: Darmstadt, seine armselige Wohnung in Kranichstein. Und natürlich den Brief von Doktor Ruprecht mit der Krebsdiagnose.

PH Gruner NEKROPOLIS

„Sie können gleich anfangen", sagte der Mann im Büro. Das Büro der Friedhofsverwaltung hatte extrem enggefasste Öffnungszeiten. Das meiste war Schließzeit, was dieses Büro anzubieten hatte. Mathis nahm es gelassen. Ein Gottesacker, wie seine Großeltern immer zu sagen pflegten, ist ja von Verschluss geprägt. Öffnungszeiten im Gräberfeld zu erwarten, hätte etwas von Antinomie. „Ich nehme mir zunächst mal die Nummer 233 vor. Die Nummern 446 und 912 kommen dann später dran, in Ordnung?" Der Mann im selten besetzten Büro nickte. „Wie Sie möchten. Sie können sich die Arbeit völlig frei einteilen. Und wenn was Schwieriges auftaucht, immer an den Sachverständigen wenden. Das ist unser Steinmetz. Haben Sie seine Nummer?"

Selbstverständlich hatte Mathis diese Nummer. Als ehrenamtlicher Grabmalpate geht niemand ans Werk, ohne den Sachverstand des Experten anzuzapfen. Ein Engpass schien ihm eher, dass er zu wenig Zeit und zu wenig Hände aufbieten konnte. Dieser wundervolle alte Gottesacker, sinnigerweise Alter Friedhof geheißen, bezirzte sein ästhetisches Empfinden, seine Schaulust in derartig dramatischer Form, dass er am liebsten die Hälfte der von Lieblosigkeit geschundenen, verschmutzten, vermoosten und überwucherten Grabmäler in seine pflegerische Obhut genommen hätte. Es galt, eine Hierarchie des Machbaren zu erstellen. Resultat: Nummer 233, danach die Nummern 446 und 912. Der ganze Rest im nächsten Leben.

Mathis war jüngst, mit Mitte vierzig, zum Witwer geworden. Wilmas Freitod aus Angst vor dem Leben hatte ihn eher erlöst als erbost, eher befreit als vereinsamt. Zeitlebens hatte er Wilma, gedacht als Trost, als sein „Engelchen" bezeichnet. Nun hatte sie diesen Beruf tatsächlich ergriffen. Nein, Mathis fühlte sich nicht schuldig, aber verantwortlich. Reisende sind, ab jenem kritischen inneren Sehnsuchtsquantum, nicht aufzuhalten. Und Wilma war endlos sehnsüchtig. Seine Besuche beim Engelchen auf einem gesichtslosen, raumökonomisch effizienten Massenparkplatz für Eingeäscherte oberhalb der Neustadt, in Riechweite der zentralen Kläranlage, hatten ihn so deprimiert über die Monate, dass er den Alten Friedhof neu für sich entdeckte – als Heimstatt einer ganz anderen, waldähnlich duftenden, großzügig gestalteten, üppig geschmückten, steinern möblierten Erinnerungskultur. Diesen Ort empfand er als Wohnort, nicht als temporären Leichenspeicher. Die vielen historischen Grabmäler waren für eine menschliche Ewigkeit angelegt. Sie bestanden seit hundert, hundertfünfzig oder zweihundertfünfzig Jahren, sie verkörperten Geschichte.

Nummer 233 verzauberte ihn als entzückende Ädikula mit Dreiecksgiebel und von Efeu liebevoll überwucherten Kompositionskapitellen aus Sandstein. Im Giebel zeigte sich, von Flechten erobert, ein Portraitmedaillon mit Lorbeerzweig, darunter der verblasste Schriftzug: „Elisabeth Schönhauser 1813 – 1839". Mathis fotografierte das kleine Tempelchen von allen Seiten. Mathis entfernte behutsam Sprossranken. Mathis probierte, wie weit er mit einer Wurzelbürste kommen würde. Gegen 17 Uhr eroberte die Abenddämmerung langsam, aber konsequent den Alten Friedhof. Wie in einem luxuriösgastlichen Salon aus dem 19. Jahrhundert wurden die Stehlampen peu à peu gedimmt, das Reich der Verschattung übernahm die Herrschaft. Mathis gefiel es, Friedhofsordnung und winterliche Öffnungszeiten zu missachten. Er blieb. Niemand wartete zuhause. Er setzte sich auf eine Grabmalumfassung aus Bruchstein gegenüber der 233 und sinnierte diagonal durch die Nacht.

Am Ende seines dritten Arbeitsbesuches bei Elisabeth, das Porträtmedaillon war gesäubert und strahlte geradezu in die hereinbrechende Dämmerung, nahm nach Ende der Öffnungszeit neben ihm jemand Platz auf dem Bruchsteinmäuerchen. Mathis hatte ihn nicht angeboten. Er bewegte langsam den Kopf nach rechts. Elisabeth. Sie war extrem leicht bekleidet. Für die Jahreszeit zu kühl. Es schien, als bewege sie sich nur kurz auf den Balkon heraus, um bald wieder zurück in die beheizte Wohnung zu flüchten. Aber sie fror kein bisschen. Entlang ihrer gänzlich unbedeckten, elfenbeinigen Unterarme zeigte sich nicht das kleinste Gänsehäutchen. Leblose frieren niemals, war Mathis klar.

Beim fünften Arbeitsbesuch nahm er etwas zu essen und zu trinken mit, für die Zeit danach auf dem Mäuerchen. Elisabeth lehnte dankend ab. Er aß allein, sprach von seinen Plänen für die 446 und die 912, entschuldigte sich für seine schmutzigen Hände, sogar dafür, dass er Hunger empfand. „Essen Sie!", befahl sie sanft. „Ich habe dies früher auch getan. Ich erinnere mich noch. Jetzt möchte ich ihnen nur danken. Für ihre Mühen und ihre Geduld und ihre Behutsamkeit. All das hätte ich zu Lebzeiten benötigt." Mathis verschluckte sich leicht, räusperte sich, sprach drei Worte, verschluckte sich erneut. Es piekte fürchterlich. Sein heftig werdender Husten polterte hinein in die gepflegte Stille des Salons. Elisabeth hielt sich die empfindsam gewordenen Ohren zu. Ihr Nachthemd flatterte. Sie legte ihre Hand auf sein Knie und die Krümel im Hals verloren jede Kraft und Kratzigkeit. „Kommerzienrat Baldur von Weishaupt hat mich verführt. 1838. Ich war 25, unbescholten, unberührt, unfähig. Mit 25 Jahren, meinte von Weishaupt, sei es an der Zeit, die Unschuld einzubüßen. Worauf ich warte, fragte er. Er war ein Kunde meines Vaters. Er war nicht mein Bräutigam, nicht mein Freund, kein Liebhaber. Nur Benutzer meines Unterbauches. Es habe ihm dort gefallen, meinte er. Als ich schwanger wurde und es ihm beichtete, stieß er mich bei einem abendlichen Besuch in meinem Elternhaus, unsichtbar für alle, die Treppe hinunter. Er wollte wohl die damals zeitgemäße Form einer Abtreibung umsetzen. Es gelang. Ich brach mir den Hals und niemand wurde geboren sechseinhalb Monate später." Mathis fing wieder an mit dem Husten.

Die Arbeiten an der Nummer 446 zogen sich von April bis Anfang Juli hin. Das Grabmal kam ihm monumental und düster vor, so ganz anders als in seiner Erinnerung. Eine Marmorgrabwand mit Mittelrisalit und scheinbossiertem Sockelbereich, Schriftplatte flankiert von Pilastern, darauf Palmwedel in Galvanobronze. Darüber ein Konsolgesims mit Dreiecksgiebel. Heinrich Emanuel Ingobald Peukendorff, Lederwaren-Unternehmer. So stand es auf der Schriftplatte. Die 19 der Lebenszeitangabe hatte sich verflüchtigt. So war Peukendorff von 1863 an bis 13 auf dieser Welt. Fünfzig Jahre alt geworden, dachte Mathis, und verzog das Gesicht, nicht zuletzt angesichts seiner 45 Lenze.

Die rund neunzig Zentimeter hohe, stark nachgedunkelte Marmorgrabwand war gar nicht schwarz. Mathis hellte sie über mehrere Arbeitsgänge auf in Richtung Anthrazit. Ihre galant glatte, jede Fingerkuppe umscheichelnde, faszinierend zart marmorierte Oberfläche, die Mathis mit Schwamm und Reinigungspaste freilegen konnte, belohnte ihn von Quadrat- zu Quadratzentimeter mehr. Sie spiegelte ihn. Er hätte sie küssen mögen. Eines Abends im späten Juni, die Sonne verirrte sich im Nordwesten langsam in den Zweigen der Kiefern und den Blättern der Platanen, hörte Mathis in den gedrungenen, mittelgroßen Eiben, die links und rechts des Grabmals standen, nicht nur Vögel zwitschern. Mathis sah sich um. Im Nachbarweg stand eine ältere Dame und füllte ihre beiden Gießkassen auf. Sonst niemand da. Mathis befand aber: doch. Irgendwer schon. Es war jemand da. Die Amseln in den Eiben waren Männchen. Links eins, rechts eins. Nur die Männchen singen. Glänzend schwarz die Gefieder, leuchtend gelb die Schnäbel. Der Friedhof mit seiner vielgestaltigen Flora verführte sie zu einem Abendlied, das sie staunenswerterweise im Dialog pfiffen. Dazwischen drei Sekunden Pause, dann wieder eine Strophe links, eine Antwortstrophe rechts. Drei Sekunden Pause. Melodiebogen links, Melodiebogen rechts. In der Pause danach schaute Mathis tiefer ins Schwarz der Bäume, bewegte sich auf den linken zu, dessen Innenleben zu erkunden. Er steckte den Kopf zwischen die weichen Nadeln. Das Gezwitscher blieb aus. Mathis inspizierte gerade noch den fasrig-wuchtigen Stamm des Baumes, als ihn ein Arm am Hals umschlang und in den Baum hineinzog.

Die Dame hatte die zweite Gießkanne gefüllt und trug die beiden Schwergewichte nun, in den Hüften bedenklich wackelnd, zum Grab ihres Mannes. Auch wenn sie sich umgedreht und in die korrekte Richtung geblickt hätte, wäre ihr entgangen, was im linken Eibenbaum, umhüllt vom weichen dunklen Grün, geschah. Mathis fühlte zwei gierende Hände seinen Oberkörper befühlen, dann zu seinem Hals emporwandern. Dann packte ihn eine am Nacken, beugte seinen Hals vor und er spürte einen Mund auf seinem. Mathis war ohne Gier, aber auch ohne Abscheu vor Gier. Die Lippen auf seinem Mund schmeckten. Er umfasste selbst einen Körper, sehr knochig, spürte einen Gürtel, dann eine Zunge an seiner Zunge, dann tief in seinem Hals. Er wollte etwas sagen, aber die Worte wurden von dieser großen, fiebrig suchenden Zunge erstickt. Die Innenseiten der Handgelenke, die er berührte, fühlten sich an wie der anthazitfarbene Marmor, göttlich fein für jede Fingerkuppe, aber viel wärmer als die Grabwand. In diesem Augenblick unterbrach etwas das Eibentreiben. Ein dumpfes Geräusch und ein kunststoffenes Splittern, das in ein Glucksen überging, ließ Mathis kurz aus der Eibe spähen: Die alte Dame war gestolpert, gefallen, über eine der Gießkannen gestürzt, die, zerbrochen unter ihrem Gewicht, rhythmisch ihr Wasser spie.

Nachdem Mathis und Ingobald der alten Dame aufgeholfen, ihr den Schmutz vom Rock geklopft und danach für sie ein Taxi an den Haupteingang gerufen hatten, konnten sie endlich ein Gespräch führen. Ingobald war tatsächlich nur noch ein Häufchen Knochen. Mathis wagte nicht, ihm die Hand auf eine Schulter zu legen, aber er fragte: „Ich komme morgen wieder. Was möchtest du haben?" „Eine Pizza Hawaii", antwortete er. Sein Hunger sei fürchterlich.

Mathis kam erst gegen 19 Uhr am kommenden Tag zu Ingobald ans Grab. Dieser stieg wieder aus der linken Eibe. Seine Lederweste überm schwarzen Hemd konnte seinen abgemagerten Leib etwas kaschieren, aber nicht vergessen machen. Mathis hatte für ihn gleich zwei Pizza Hawaii mitgebracht. Und ein Weizenbier für jeden. Ingobald saß neben ihm, die Pizzakartons auf dem Schoß. „Ich bin zu früh gestorben. Für mein Geschäft", erzählte er. Sie stießen sachte mit ihren Flaschen an. Zwischen zwei Ananas-Stücken sagte Ingo: „Aber ich hatte wenigstens noch das Glück, zu lieben. Das Glück, noch zu wissen, wen ich lieben sollte, wen ich lieben muss. Aber du kannst dir denken: Wer damals einen Mann liebte, war des Todes. Sechs Jahre lang waren wir Geheimnisträger. Dann zogen mir Gerüchte die Schlinge um den Hals. Eines Tages kamen drei Abgesandte der Dorfgemeinschaft zu mir ins Büro, zerrten mich in den Keller und erschlugen mich dort mit einer Schaufel. Danach trugen sie mich hoch in den dritten Stock, warfen mich Toten dort oben aus dem Fenster und berichteten der Polizei von einem tragischen Unglücksfall. Der Dorfgemeinschaft fiel ein Stein vom Herzen. Aus Dank darüber, dass sie diesen moralisch schwer kranken Menschen los waren, finanzierten sie hier in der Stadt, weit weg vom Dorf, für mich ein Grabmal der Sonderklasse. Für den Lederunternehmer. Da hat sicher das schlechte Gewissen geholfen. Von den dreien, die mich gemeinschaftlich erschlagen haben wie einen Hund, hat übrigens keiner den Ersten Weltkrieg überlebt. Sag mal, das Bier ist aber ganz schön stark ..." „Du bist nichts mehr gewöhnt, Ingo. Morgen gibt's einen trockenen Roten. Was wär' dir Recht: Bergstraße oder Rheinhessen? Oder einen Blauen Spätburgunder Rosé aus Groß-Umstadt?" Ingo riss die Augen auf: „Alle drei." Um beim Adieu hinzuzufügen: „Mathis, als ich bemerkt habe, dass du den Marmor küssen wolltest, so hingerissen, dachte ich – besser mich! Entschuldige, ich musste es tun."

Ingo und Mathis verlebten einen wunderbaren Hochsommer. Mathis gewöhnte sich an, erst nach Sonnenuntergang zu kommen, über die Mauer. So konnten sie sich freier unterhalten, langsamer essen, länger trinken und seriöser über Leben und Ableben philosophieren. Da sich ihr Rotweinkonsum dabei dynamisch entwickelte, nahm Mathis im August erstmals einen Schlafsack mit und übernachtete vor der Fingerkuppen-Wand. Eine Zuspitzung trat ein, als Mathis ein leichtes Biwakzelt aufbaute, dort regelmäßig nächtigte, morgens jedoch einmal zu lange schlief. Vor den Augen und Ohren der Friedhofsverwaltung führte er die, wie er nach der Entdeckung versicherte, einmalige Übernachtung auf sein anhaltend hohes Engagement für die Erhaltung der Grabmäler zurück, die zu chronischer Übermüdung geführt habe. Die Friedhofsverwaltung sprach ein Zeltverbot mit sofortiger Wirkung aus. So ging Ingo wieder früher in die linke Eibe und Mathis schlief wieder in seinem Bett.

Mathis kam nicht mehr dazu, die Grabanlage Nr. 912 konservatorisch zu bearbeiten. Leider. Die 912 war ein schmutziges Schmuckstück. Ein Tempelchen auf quadratischem Grundriss. Ein Mausoleum aus Sinsheimer Sandstein. Christian W. Eigenbrodt von Tauenfeld, 1896 bis 1968, lag alleine im Mausoleum, dies unter den Goldbuchstaben: *Fiat voluntas tua*. Mathis konnte nicht wissen, dass sich Christian und Ingobald längst ausgetauscht hatten über ihn. Elisabeth hatte sie zusammengebracht. Als sich Mathis am 14. August spät am Abend die 912 genauer ansehen wollte, öffnete sich die Tür des Mausoleums und Christian rief ihn frohgemut herbei. Als grüße ein frischgebackener Eigenheimbesitzer seinen neuen netten Nachbarn. Mathis schob alle Zweifel und alle Verwunderung beiseite. Nach Betreten des Baus war es um ihn geschehen. Ingo, Elisabeth und Christian verriegelten die Tür hinter ihm. Sie erklärten, sie wollten nicht mehr auf ihn verzichten. Sie wollten keine Gewalt anwenden, aber an diesem Ort geschehe nun mal ihr Wille. Er gehöre zu ihnen. Sein Leben ende jetzt, aber er solle es nicht persönlich nehmen. Ein Verzicht auf ihn komme für sie alle nicht mehr in Frage. „Muss das sein?", fragte Mathis gespielt ironisch, aber innerlich bebend. Alle drei nickten unmissverständlich mit ihren uralten Köpfen. „Todo o nada", flüsterte Ingobald, allerdings ohne ein Fragezeichen. Mathis drehte sich blitzschnell zur Tür um, rüttelte an ihrem Verschluss, den rostigen Riegeln, drehte den anderen unvorsichtigerweise den Rücken zu. Sekunden später spürte er, wie sein Schädel mit einem hartkantigen Gegenstand, wahrscheinlich einem Bruchstück Carrara-Marmor, gespalten wurde. Also doch nada, durchfuhr es ihn. Oder der Übergang zu todo? Mathis kippte rücklings wie in Zeitlupe und geradezu sanft in die Arme von Christian, der auch den größten Teil seines zwischen den Schädelhälften okzipital austretenden Gehirnes auffing und die warme, feuchte Masse entgegennahm wie eine Spende höherer Warte. Mathis' Nervenzellen dachten noch den Gedanken, dass er nun umziehen würde. Ja, das wundersame Existieren im Tode. Erster Korintherbrief, 13. Kapitel. *Die Liebe währet ewiglich.*

Ralf Köbler TOD BEIM ABENDMAHL
Ein Darmstädter Stadtkirchen-Kurzkrimi

„Amen", sagte der Mann, nachdem er die Oblate aus den Händen des Pfarrers entgegengenommen hatte.

Wenige Sekunden später begann er um Luft zu ringen, griff sich mit beiden Händen an den Hals, röchelte laut und brach dann vor den Stufen des Altars der Stadtkirche zusammen.

Da das Abendmahl von diesem Ereignis irgendwie gestört wurde, brach es Pfarrer Wollnog ab. Staatsanwalt Graumann, der als Kirchenvorsteher bereitgestanden hatte, um den Kelch mit Traubensaft zu reichen, eilte zu dem Zusammengebrochenen. Im Zivildienst, vor vielen, vielen Jahren, war Graumann zum Rettungssanitäter ausgebildet worden.

Das Abendmahl ist vielleicht einer der schwierigsten Bestandteile christlicher Gottesdienstkultur. Nicht des Aktes halber. Die Aufgabe, mit geprägten Kreuzchen versehene Oblaten zu verteilen und dazu Wein oder Traubensaft auszuschenken, ist in der Tat lösbar. In der Darmstädter Stadtkirche wird das Abendmahl seit vielen Jahren mit Traubensaft gefeiert, um die Teilnahme auch alkoholkranken Menschen zu ermöglichen. Dass aber, wie viele Christen glauben (sollten), sich der Wein – bei Saft geht das sowieso nicht – während des Abendmahls in Christi Blut wandeln soll, will mir irgendwie nicht recht in den Kopf. Bei allen Abendmahlen, an denen ich teilgenommen habe, blieben der Wein Wein und der Saft Saft. Jedenfalls geschmacklich.

Graumanns Bemühungen um die Reanimation des vor dem Altar zusammengebrochenen Mannes blieben erfolglos. Trotz des großen Publikumszuspruchs. Die Kirche war wegen einer der in der Kulturkirche äußerst beliebten Predigten einer prominenten Person – es handelte sich in diesem Falle um eine Frau, die aus Gründen des genderorientierten Persönlichkeitsschutzes hier nicht näher bezeichnet werden soll (Sie können das ja im Veranstaltungsprogramm unter www.stadtkirche-darmstadt.de nachlesen) – sehr gut besucht, und die ausgezeichnete Kirchenmusik, die der Kantor mit seinem Kammerchor beigesteuert hatte, war gewiss auch ein Anlass für den Publikumsandrang. Vor 300 Zuschauern am Altar der Stadtkirche zu reanimieren, ist schon sehr ungewöhnlich und auch anspruchsvoll.

Der herbeigeeilte Notarzt konnte nur noch den Tod des zusammengebrochenen Mannes feststellen. Der Gottesdienst wurde mit einem Gebet für den Toten und dem allfälligen Vaterunser vorzeitig beendet.

Es ist für einen Stadtkirchenkrimi unausweichlich, dass Staatsanwalt Graumann und Erster Kriminalhauptkommissar Müllheimer an diesem Sonntag gemeinsam Bereitschaftsdienst für die Staatsanwaltschaft und die Kriminalpolizei hatten. Es würde sonst nicht lohnen, diese Geschichte zu erzählen. Während Staatsanwalt Graumann ein vor einigen Jahren aus der bezaubernden Kleinstadt Fritzlar in Nordhessen eingewanderter „Zugereister" war, der man in Darmstadt auf ewig bleibt, handelte es sich bei Müllheimer um einen echten Darmstädter Heiner. Die beiden verstanden sich prächtig und haben insgesamt bereits neun Fälle miteinander gelöst.

Der Notarzt sagte: „Bitte weisen Sie die Spurensicherung ausdrücklich darauf hin, dass die Gesichtsfarbe des Toten, der Schaum vor dem Mund und ein leichter Bittermandelgeruch Hinweise auf Blausäure sein dürften. Es ist ein wenig Vorsicht geboten."

„Oha", sagte Graumann, „ich kann mich nicht erinnern, dass wir vor dem Gottesdienst Oblaten für das Abendmahl mit Blausäure präpariert hätten."

„Das hätte ich auch nicht erwartet", sagte Müllheimer, „aber wie konnte das denn dann geschehen?"

„Ich denke", sagte Pfarrer Wollnog vorsichtig, „ich habe den Mann schon einmal kennengelernt."

Nun ist es rein begrifflich sicherlich schwirig, jemanden zweimal oder mehrmals kennen zu lernen. Aber eigentlich lehrt das Leben anderes.

„Ich glaube", sagte Wollnog und wich vom Denken auf den Glauben aus, „dass es sich um Prof. Dr. Ganzgroß von der TU Darmstadt handelt, der sich mit Stadtentwicklung beschäftigt."

„Stadtentwicklung", sagte Müllheimer, „ist in Darmstadt sicher immer ein schwieriges Thema, aber kein Grund vor dem Altar der Stadtkirche zu versterben."

Und ganzgroß ist in Darmstadt ja auch immer ein Thema, wenn man nur mal an die bedeutende Straßenbahnlinie von der Nieder-Ramstädter Straße bis zur TU Lichtwiese denkt.

„In welchem Zusammenhang", fragte Graumann den Pfarrer, „hast du denn den Professor kennengelernt?"

„Das war", sagte der Pfarrer, „so ein kultureller Gesprächskreis."

Früher hieß es auf den Briefstempeln „In Darmstadt leben die Künste". Heute sind wir Wissenschaftsstadt und wissen nicht mehr so genau, wo die Künstler leben. Aber das Kulturleben der Stadt ist ungebrochen vielfältig, man denke nur an das Projekt des Staatstheaters, in einem leer stehenden Geschäft in der Innenstadt Theater zu machen, ohne dass es dem Publikum gestattet gewesen wäre, im Corona-Lockdown in nennenswerter Personenzahl zuzuschauen und zuzuhören. Vielleicht ist es genau das, was das Kulturleben dieser Stadt ausmacht: Es geschieht ganz viel, aber wer wo wann was und in welcher Zahl und wofür, weiß man nicht so genau. Hauptsache, es steht im Echo.

„Könntest du das etwas präzisieren?", fragte Graumann.

„Es war", sagte Wollnog, „bei einer Abendveranstaltung im vorletzten

Sommer, als man noch durfte, wie man wollte. Im Biergarten auf der Schloss-Bastion trafen sich Kulturschaffende aller Art und auch einige einflussreiche Gastronomen, um auf Einladung dieses hier nun tot liegenden Professors zu diskutieren, ob und auf welche Art und Weise die Darmstädter Kulturszene in der Lage und bereit wäre, ein großangelegtes Kulturprogramm zur Unterhaltung des Personals der Transporte auf der geplanten neuen chinesischen Seidenstraße anzubieten."

„Was hat denn Darmstadt mit der Seidenstraße zu tun?", fragte Müllheimer.

Wollnog druckste etwas herum, weil er sich zu diesem Thema noch nicht mit dem Kirchenvorstand abgestimmt hatte: „Naja, es gibt Pläne, Darmstadt am Rande der Seidenstraße zu einem Erholungsort für Piloten, Lastwagenfahrer und Zugführer auszubauen, und dafür bedarf es natürlich neben einem gastronomischen und Hotel-Angebot weiterer Etablissements der Unterhaltung."

„Du denkst jetzt nicht daran, in der Stadtkirche ein Bordell einzurichten?", sagte Graumann leichthin.

„Gott bewahre", sagte Wollnog, obwohl man den lieben Gott aus solchen Gesprächen unbedingt heraushalten sollte.

„Worum sollte es dann bei der Einbeziehung der Stadtkirche gehen?", fragte Graumann, der schließlich auch Kirchenvorsteher der Stadtkirchengemeinde war.

„Im Mittelpunkt der Ideen, die der Professor bei dem Treffen erläuterte, stand der Ausbau des Schlosses zu einem Seidenstraßen-Hotel. Die Stadtkirche sollte als historische Sehenswürdigkeit direkt vom Schloss zum Turm der Stadtkirche mit einer Seilbahn verbunden werden und als Museum mit gastronomischen Angeboten ausgebaut werden", sagte Wollnog, „ich habe das zunächst auch entschieden abgelehnt."

„Das klingt insgesamt sehr stark nach Unfug", sagte Müllheimer.

„Da bin ich mir nicht so sicher", sagte Graumann, „ein Volk, das durch den Verzehr halbgarer Fledermäuse die ganze Welt mit einer Infektion durcheinanderbringen kann, wird mit einem Wimpernschlag die global betrachtet doch sehr kleine Stadt Darmstadt einnehmen können."

„Und außerdem", sagte Wollnog, „wäre der Kulturbetrieb in der Stadtkirche auf Dauer gesichert. Die Landeskirche hat ja beschlossen, die Kultur-Pfarrstellen einzusparen."

„Na", sagte Graumann, „wenn die schrumpfende Kirche da nicht das falsche Pferd zum Metzger geschickt hat."

„Sie sind also sicher", sagte Müllheimer, „dass es sich bei dem Toten um den genannten TU-Professor handelt?"

Wollnog bestätigte mit Kopfnicken.

„Gut", sagte Graumann, „dann stellt sich jetzt die Frage, welche der das Abendmahl austeilenden Personen ein Motiv gehabt haben könnte, den Professor umzubringen, und wie die Tat umgesetzt wurde."

„Die erste Frage", sagte Müllheimer, „ist die, wer dem Professor die Oblate beim Abendmahl gegeben hat."

„Das war ich", sagte Wollnog einfach.

„Super", sagte Graumann, „dann bist du jetzt unser Hauptverdächtiger. Und wo bitte ist dein Motiv? Du wärst doch im Grunde aber gar nicht abgeneigt, die Stadtkirche an die Chinesen zu verkaufen, wenn deine Kulturkirche damit gesichert werden könnte oder?"

„Puh", sagte Wollnog, „erstens habe ich dem Professor irgendeine Oblate aus der Schale gegeben, und es gab keine speziell mit Blausäure präparierte, für mich bereit gelegte Mord-Oblate. Es hätte also jeden treffen können, wenn die vergiftete Oblate tatsächlich in der Schale lag, aus der ich ausgegeben habe. Zweitens hätte ich natürlich niemals ohne zustimmendes Votum des Kirchenvorstands positive Signale an die Chinesen gegeben, aber wenn, wäre ich in der Tat in Verkaufsgespräche mit dem Professor eingetreten, so dass mir ein Mordmotiv für mich absurd erscheint."

„Herr Kommissar", sagte der Kriminaltechniker, der immer noch an der vor den Altarstufen liegenden Leiche arbeitete, „ich habe etwas gefunden."

„Ich darf doch um etwas mehr Respekt bitten", sagte Müllheimer, „es muss heißen Erster Kriminalhauptkommissar. Quatsch. Was haben Sie denn gefunden?"

„In der rechten Hosentasche der Leiche war eine Oblate", sagte der Kriminaltechniker.

„Ohne Blausäure?"

„Ich denke", sagte der Kriminaltechniker, „ohne Blausäure und auch sonst völlig neutral."

„Dann sollten wir jetzt unverzüglich die Wohnung des Verstorbenen untersuchen", sagte Müllheimer.

Mit drei Kriminaltechnikern in Montur standen Graumann und Mülheimer in einem der in Darmstadt allgegenwärtigen 50er-Jahre-Wohnblocks des Bauvereins in der Kiesstraße vor der Wohnungstür des Dahingeblichenen. Warum ein TU-Professor eine solche eher bescheidene Wohnung bewohnte, muss dahingestellt bleiben.

Eines Tages, das erscheint sicher, werden Menschen aus aller Welt in Scharen nach Darmstadt reisen, um sich nach dem Abklingen des Jugendstil-Hypes an der Baukultur der Fünfziger Jahre des letzten Jahrhunderts zu delektieren. Und da hat Darmstadt einiges zu bieten: Neben der sensationellen Wellendach-Halle der Universität in der Landgraf-Georg-Straße dürften auch die westliche Front der Neubauten am Marktplatz oder das bis dahin hoffentlich sanierte Ludwigs-Georgs-Gymnasium Ecke Kirchstraße/Nieder-Ramstädter Straße zu Sehenswürdigkeiten werden. Natürlich dürfen die Touristen auch sehr gerne wegen des Jugendstils und zugleich der Wiederaufbaukultur halber nach Darmstadt kommen.

Einer der Kriminaltechniker machte sich mit einem Bund Dietrichen am Schloss der Wohnungstür zu schaffen. Keine Ahnung, wie so etwas funktioniert.

Als er die Tür geöffnet hatte, sagte Graumann: „Wir haben keinen richterlichen Beschluss."

„Es ist Gefahr im Verzug", erwiderte Müllheimer gelassen, „dann dürfen wir das."

„Ich habe etwas Bedenken, dass dies auch für die Wohnung eines Toten gilt", sagte der bedächtige Jurist Graumann.

„Und ich gehe davon aus", sagte Müllheimer bestimmt, „dass wir Hinweise für die Aufklärung eines Tötungsdeliktes finden."

Sie betraten die Wohnung.

„Ich habe etwas gefunden", riefen die drei Kriminaltechniker nach wenigen Minuten quasi zeitgleich.

Die Beamten kamen in dem kleinen Wohnzimmer zusammen.

„Und?", fragte Müllheimer erwartungsvoll.

„Ich", sagte der erste Kriminaltechniker ruhig, „habe auf dem Schreibtisch im Arbeitszimmer einen Arztbericht gefunden, der darauf hinweist, dass der Verstorbene an einer sehr aggressiven Art von Bauchspeicheldrüsenkrebs erkrankt war und nur noch wenige Wochen zu leben hatte. Daneben lag die Aufnahmezusage einer Palliativ-Einrichtung."

„Ich", sagte der zweite Kriminaltechniker ebenso ruhig, „habe auf dem PC des Verstorbenen Nachweise dafür gefunden, dass er im Darknet Blausäure bestellt hat."

„War der PC denn nicht gesichert?", fragte Graumann.

„Schon", sagte der Kriminaltechniker kurz.

„Und ich", sagte der dritte Kriminaltechniker, „konnte auf einer Zeitschrift, die auf dem Wohnzimmertisch lag, den Durchdruck des Entwurfs eines Abschiedsbriefes sicherstellen. Danach wollte der Verstorbene der Krebserkrankung zuvorkommen."

„Wenn sich dann noch der Nachweis von Blausäure in der Hosentasche des Verstorbenen führen lässt", sagte Müllheimer, „haben wir es wohl am Ende mit einem Suizid zu tun."

„Aber warum dann in der Stadtkirche und so spektakulär beim Abendmahl?", fragte Graumann.

„Vielleicht", sagte Mülheimer, „um wegen der Ablehnung des Verkaufs der Stadtkirche an die Chinesen dem Kirchenvorstand noch mal so richtig Stress zu machen."

„Das mag sein", sagte Graumann, „aber dann dürfen sich in der Zukunft gerne noch einige Spekulanten die Haare raufen oder sich hinter die Straßenbahn werfen – die Darmstädter Stadtkirche wird nicht an die Chinesen verkauft."

Bruno Laberthier RECHENMÄDCHEN

„Peter Albin hat sie auf dem Gewissen. Er hat sie in den Rechner getrieben".
Die Alte stiert in die Kamera.
„In die zweite Ableitung transzendiert. So nannte der Herr Mathematikprofessor das". Schwach und am ganzen Körper zitternd, muss sie es loswerden. „Wie hässlich. In der Maschine zermalmt wurde sie, und dann ganz tief verscharrt".

Der Genosse knipste den Bildschirm aus, die Zeugin schrumpfte zum weißen Kathodenpunkt und erlosch.
„Dete Rathert", sagte er und meinte die Tote, von der die Alte sprach. „Zuletzt gemeldet war sie hier in Darmstadt, Karl-Marx-Straße. Geboren 1928 in EKS, damals noch Frankfurt am Main".
Karl-Horst Schorschehäuser tat so, als überlegte er.
„Mir sagt weder Peter Albin was noch eine Dete ... wie?"
„Rathert", wiederholte der Genosse. „Kurz, DeRa. Das sagt Ihnen auch nichts?"
Schorschehäuser hatte nach der Wende drei, vier Semester Technikgeschichte studiert am Ernst Thälmann Polytechnikum. Dort waren immer Ziolkowski und Koroljow wichtig gewesen, die Raketenpioniere aus dem Bruderstaat. Aber ein Peter Albin und seine Rechenmädchen? Fehlanzeige.
„So sehr ich kurz Kallo heiße", versuchte er es mit Ironie, „weder klingelt bei DeRa was, noch finde ich eine Magnetaufzeichnung in meinem Heinerhirn von der Dame auf Ihrer Mattscheibe".
„Hm".

Der Genosse schien abzuwägen. Schorschehäuser hatte man ihm empfohlen als Unter-Tarnung-Ermittler, der sich in Darmstadt besser auskannte als jeder andere von der Volkskriminalpolizei. Andererseits kam der Kerl ihm komisch. IM Kallo hatte keine Ahnung: Die aber hatte er frech.

„Karl-Marx-Straße, sagen Sie?"

Kallo las die Gedanken des Genossen und gab sich Mühe. Schließlich könnte der ihn, wenn er wollte, anschwärzen. „In der Leo-Tolstoi-Straße habe ich mal observiert, ein paar Meter weiter ist die, und ... warten Sie ... auf der Neumannstraße".

Er spielte auf Zeit und überlegte, ob er eine Zufallsbegegnung mit Dete Rathert erfinden sollte, um sich über Wasser zu halten und doch noch rauszufinden, irgendwie, warum der Genosse ihn zuerst in den Engelsgarten und dann ins Alte ETPT-Hauptgebäude bestellt hatte.

Der Genosse kam ihm zuvor mit einem anderen Zufall.

„Auf der Neumannstraße logierte 1961 ein kleiner Raketenbaron von der Waffen-SS", sagte er. „Julius Mader hat ihn ausfindig gemacht."

Als Publizist hatte Mader die Nazis am Wickel gehabt, erklärte der Genosse, was Kallo als in Babenhausen Geborener bis 1989/90 nicht mitbekommen hatte und was ihn danach nicht mehr als nötig interessierte. *Geheimnisse von Huntsville* und *Die gefrorenen Blitze* über den großen Raketenbaron Wernher von Braun erschienen 1967: das eine ein Enthüllungsbuch, das andere ein Spielfilm.

Moderne realsozialistische Klassiker, meinte der Genosse, oder der im unterlegenen Deutschland aufgewachsene Kallo dachte es sich.

„Ob Se's glaawe", sagte er, „jetzt klingelt doch was."

„Ich glaube Ihnen nichts, außer Ihrer Ortskenntnis." Der Genosse hatte Kallo durchschaut. „Legen wir zusammen, und Sie hören mir zu."

„Ohren sind auf." Kallo spurte. Hier sprach der lange Arm aus EKS, Berlin und vielleicht sogar Moskau.

„Wir wissen, wie junge Frauen im Faschismus mit Rechenschiebern und Logarithmentafeln halfen, aus den Flugkurven von Versuchsraketen die noch bessere Parabelbahn zu ermitteln." *Halfen*, ein Scheißwort, Sie verstehen: Nicht auf eigene Mädchenrechnung taten sie es, sondern „unter Zwang von Männern wie Peter Albin".

„[---]".

„Heute errechnen sowas Computer." Der Genosse zögerte, das Reizwort stand im Raum und er selbst hatte es ausgesprochen. „Vorzugsweise die vom imperialistischen globalen Partner."

„[Globaler Partner, der Neusprech seit Lehman Brothers. Die Amis hatten dafür Steve Jobs und haben die klimaneutrale Elektrozukunft. Tesla statt Röhrenbildschirm und Kathodenpunkt]."

„Aber die Mädchen", meinte der Genosse, „die rechnen mussten. DeRa war eine von ihnen, wir haben die Erinnerung an sie von der Alten. Es ist eine Anklage. Der müssen wir nachgehen, egal wie wirr sie klingt."

„Sie brauchen das *Corpus delicti*."

„Ihre Überreste, ja", sagte der Genosse. „Einen Nachweis, nicht nur Indizien."

„Also eine Leiche." Etwas Hieb- und Stichfestes aus Eiweiß und Knochen, egal wie verrottet.

„Jedenfalls DNA." Erbgut. „Transzendiertes Erbgut."

Die BRD war sang- und klanglos kollabiert, und die DDR hatte sich nicht zweimal bitten lassen. Mit sowjetischer Hilfe – Gorbatschow hatte aufgedeckt, was er mit *Perestroika* eigentlich meinte: Umbau als Westerweiterung – übernahm sie die Bundesländer und machte aus ihnen bis 1994, als Krenz auf Honecker folgte, die Elf Neuen Bezirke. Hessen wurde Frontbezirk, als der Warschauer Pakt nachzog und die verwaisten Hochhaustürme am Main übernahm. Die Banker hatten nach dem Crash im November 1989 alles stehen und liegen lassen und sich nach Luxemburg aus dem Staub gemacht. Die hohen Kappen aus der UdSSR nisteten sich als erste ein, bis 1991 zogen Volksarmeegeneräle, Volksrepublikpolen und Tschechoslowaken nach in das neue Hauptquartier West. Satellitenschüsseln und Abhörgerät wuchsen auf den Turmdächern wie Pfifferlinge und Totentrompeten, und die Systemgrenze zur NATO wurde neu befestigt. Das HQW koordinierte die Errichtung eines antikapitalfaschistischen Schutzstreifens, zehn Kilometer breit, an den Grenzen zu Benelux und Frankreich. Trier und Saarbrücken halbierte man, Aachen verschwand ganz und die Wissenschaftler der Technischen Hochschule wurden von der in Darmstadt übernommen, die nun ETPT hieß. In die nicht ganz so hohen Türme in Egon-Krenz-Stadt (auch das eine Umbenennung, in Berlin beschlossen zu Ehren des neuen Staatsratsvorsitzenden und aus älterer Verbundenheit mit Frankfurt an der Oder) kamen bruderstaatliche Konsulate und DDR-Bezirkskader. Die WPG (Wirtschaftliche Produktionsgenossenschaft), Inneres einschließlich Staatssicherheit, Polizei einschließlich VoKriPo.

Auch der Genosse hatte dort sein Büro, in der ADK (Außendienststelle Kaltfälle).

„DeRa war eigentlich kein Kaltfall", fand Kallo.
„Oder einer von vor unserer Zeit."
Kallo hatte mitgedacht, den Genossen knöpfte das auf.
Von Dete Ratherts spurlosem Verschwinden vor der Wiedervereinigung hatte die Volkskriminalpolizei erst vor kurzem erfahren, gab er preis. Ein siebzigjähriger Mann war an die ADK herangetreten mit einer Super-8-Tonfilmkassette. Es war der Sohn von Dörte Reitsch, eine der jungen Frauen aus – Achtung, Nazischerz! – Albins Harem.

Die Personenfeststellung übernahm die Stasi, sie konvertierte den Streifen in eine MAZ und machte sich an die Arbeit. Die Beteuerungen des Sohns alleine reichten nicht, um sicher zu gehen, dass Reitsch diejenige war, für die er sie ausgab. Ihren Status als Rechenmädchen bestätigte keine Personalakte mehr, die war in der Brandnacht im September 1944 zu Asche geworden. Fündig wurden die Klappfixe dafür im Johannes R. Becher Literaturinstitut, Leipzig, in der Materialsammlung der Schriftstellerin Ruth Kraft. Aus Dörte Reitsch hatte Kraft 1959 die Gruppenleiterin Traude Hörselmann modelliert, die knapp dreißigjährige Mathematikerin aus ihrem Roman *Insel ohne Leuchtfeuer*. Ruth Kraft war selber eines der Mädchen gewesen, an den Rechenmaschinen gesessen hatte sie in der Heeresversuchsanstalt Peenemünde auf Usedom und recherchiert hatte sie danach deutschlandweit. Eins plus eins ergab zwei: Der Nachlass von Ruth Kraft – 2015 verstorben, aber über alle Zweifel erhaben – authentifizierte die Reitsch.

Dete Rathert kam in Krafts Materialien nicht vor, also kam der Genosse ins Spiel.

Im Archiv der ETPT fand er Belangloses zu Peter Albin, der nach dem Krieg im dritten Stock des Hauptgebäudes das Institut für Praktische Mathematik leitete und Apparate entwickelte, die das Rechnen erleichterten und schließlich selbstständig übernehmen konnten: angefangen beim Rechenschieber „System Darmstadt", fortgeführt mit elektromechanischen Integrieranlagen bis zu elektronischen Analogrechnern und Digitalrechnern. Ein Schüler von Albin hatte das so hinterlassen, Dete Rathert erwähnte auch er nicht namentlich. Sie blieb eine von vielen Gesichtslosen, beschrieben aus der Warte des Technikapparats als – Zitat – „menschenbestückter Parallelrechner".

„Und das war's?"

„Hätte ich Sie dann herbestellt?" Der Genosse schüttelte gönnerhaft den Kopf. In der fassbaren Welt mit ihren Akten, Archiven und Friedhöfen war DeRa nirgends aufzutreiben. Das stimmte. „Also habe ich es wörtlich genommen."

Kallo lauerte. Verständlich ging anders.

„Aha."

„Das Zitat", erläuterte der Genosse. Menschenbestückter Parallelrechner. Musste es für bare Münze nehmen und sich an die Schüler Albins heften.

„Und *wörtlich* heißt …?"

„Sie haben die Apparate aus der ETPT herausgeschafft, als sie noch TH hieß", unterbrach der Genosse, „im Chaos der Wiedervereinigung."

„Aha", wieder Kallo. „Und?"

„Und sie haben die Geräte verstaut nördlich der hohen Russendatschen, wo das Flüsschen seine Insel hat."

„Auch das verstehe ich nicht."

„Ich auch nicht, deswegen brauche ich Sie."

Nördlich der hohen Russendatschen, wo das Flüsschen seine Insel hat war auch ein Zitat. Ein so lyrischer wie kryptischer Halbsatz aus einer Untergrund-Festschrift für Prof. Dr. Albin (†) zum 100. Geburtstag. Der Stasi entging nichts.

Kallo hatte gegrübelt und rumgemacht. Seine Ortskenntnis schön und gut, aber auf Koordinaten in Gedichtform war er nicht gefasst. Russendatsche?

„Vielleicht die Kapelle auf der Margothöhe, und das Flüsschen wäre der Darmbach, warten Sie …".

Nein, das kam nicht hin. Die orthodoxe Kirche war das Gegenteil von hoch, ein Zwerg neben dem Hochzeitsturm. Außerdem hatte der Darmbach keine Insel, und der Landgraben sickerte südlich rein in den Woog und südlich auch wieder raus. Nicht im Norden.

„Kommt nicht hin."

Der Genosse war in ungeduldiges Schweigen abgerutscht, Kallo ignorierte es so gut es ging.

Dann machte der Micky-Blitz endlich *blitz*, und jetzt stand er am Ufer der Modau.

Von der Promenade sah Kallo die Sandbank in der Bachmitte und wo das Grün am Ufer es zuließ, fiel sein Blick auf die hohen Datschen von Eberstadt Süd. Ein Stück weiter, in seinem Rücken, streckten sich die roten Klinkerbauten des VEB Kybernat.

„Genosse Schorschehäuser!"

Kallo drehte sich um. Mit der Miene eines Jägers, der den Zwölfender erlegt hat, kam der Genosse auf ihn zu. Hinter ihm hievten Volkspolizisten schrankhohe Vitrinen auf die Pritsche eines W50, durch die gläsernen Türen erkannte Kallo einen Dschungel aus Steckern und Kabeln, Schaltern und Platinen und Elektronik.

„Das *Corpus delicti?*", zeigte er auf die Riesencomputer.

„Sein Sarg", nickte der Genosse, „hoffentlich samt digitaler Nährlösung." Zum ersten Mal grinste er. „Oder besser, mit digitalem Formalin."

„Und jetzt?"

„Jetzt überreden wir die Herrschaften", er daumte auf das rote Gebäude, „dem Sozialismus nochmal auf die Sprünge zu helfen." Als Kallo fragend die Stirn in Falten legte, schob er nach: „Seit 2008 stellen sie mit amerikanischen Lizenzen Rechner und Programme her, damit wir nicht ewig auf schweren Robotrons und Hollerithkarten rumrutschen müssen." In der Finanzkrise hatte die UdSSR dem globalen Partner mit Devisen aus der Patsche geholfen, die DDR beteiligte sich über ihre WPG – im Gegenzug gab es die Lizenzen. „Für die Firmengründer da drinnen", die unglücklichen Computerexperten der DDR und glücklichen Schüler Albins, „war das der Sprung in die Gegenwart." Den Rückstand auf die Amis aufgeholt, das Rennen neu gestartet. Historischer

Materialismus im zweiten Anlauf. „Die Herren aus dem Kybernat sind uns den Gefallen schuldig."

Kallo pustete durch.

Dann ein „danke für die Amtshilfe, Genosse Schorschehäuser", wenigstens mit Augenzwinkern, und das war's. Kallo hatte es, wenn er ehrlich war, nicht anders erwartet. Wie die Sache ausging, erfuhr er auf einer anderen Frequenz.

Neues Deutschland hieß diese Frequenz. Einen Monat später fischte Kallo das Zentralorgan mit dem ausermittelten Kaltfall des Rechenmädchens Dete Rathert aus der Zeitungsröhre.

„Wissenschaft und Fortschritt – Fortschritt von Analog zu Digital, und von Nazideutschland zur BRD." So lautete erwartungsgemäß der Haupttenor.

DeRas Genetik hatte man auf unzählige Speichereinheiten verteilt gefunden. Ihr Temperament und der Charakter, wandelbar und wechselhaft, weil menschlich, waren in Algorithmen und Kalküle gefasst. „Modelliert", meinte der *ND*-Redakteur, klinge statisch und sei das falsche Wort: auch für den Esprit, die Jugendlichkeit und Zeitgenossenschaft, die sich im Wesen des Rechenmädchens abgelagert hatten. „Sie war keine Untote, sondern sehr lebendig. Ein alter, neuer Mensch aus der überkommenen Zeit der Ausbeutung der Arbeiterklasse".

Wir schreiben das Jahr 2021 und Darmstadt ist nach der Wiedervereinigung ein Teil der DDR. Die Quellen, die es bei aller Kontrafaktizität tatsächlich gibt, sind:

Julius Mader, *Geheimnisse von Huntsville*. (1967) In einem auf Seite 94 f. wiedergegebenen Brief vom 11.12.1961 schreibt der Waffen-SS-Mann W. Lattemann aus der Fr. Neumannstr. 8 in Eberstadt an den Autoren:

„Es war uns allgemein bekannt, dass Wernher von Braun mindestens den Rang eines SS-Sturmbannführers hatte ... Ich entsinne mich [...] gelesen zu haben, dass [er] gern seine SS-Uniform angezogen habe."
Der Straßenname ist offenkundig nicht korrekt, es ist die Friedrich-Naumann-Straße in Eberstadt, dort das „Hotel Waldfriede", das es immer noch gibt.

Insel ohne Leuchtfeuer. (1959) Ein Roman von Ruth Kraft über sich selbst und andere „Rechenmädchen".

Alwin Walther: *Pionier des wissenschaftlichen Rechnens. Kolloquium zum 100. Geburtstag* (1998, TUD Schriftenreihe Bd. 75), aus dem das eine oder andere übernommen und der Figur des „Peter Albin" übergeworfen wurde. Etwa auf S. 117:
„Alwin Walter liebte Zahlen [und] Algorithmen, d. h. Prozesse des Wandels von Zahlen. An seinem IPM [Institut für Praktische Mathematik] leitete er die Entwicklung von Geräten und Maschinen, die das Rechnen erleichterten und schließlich selbständig übernehmen konnten, angefangen beim Rechenschieber „System Darmstadt", fortgeführt mit elektromechanischen Integrieranlagen bis zu elektronischen Analogrechnern und Digitalrechnern. Für den [...] Massenbetrieb des elektronischen Rechnens beschaffte er die IBM 650 für die TH Darmstadt, die am 11. Februar 1957 eingeweiht wurde, der erste Computer dieser damals höchsten Leistungsklasse an einer deutschen Universität und der zweite überhaupt in Deutschland."

Marc Mandel ZUM PARADIESE

Willy-Brandt-Platz. Aids-Test. Termin um elf Uhr dreißig. Ich erschien eine halbe Stunde eher. Erfreulicherweise kam ich gleich dran. Und das Ergebnis? Frühestens in drei Tagen.

Jacke an und in den Lift nach unten.

Gedränge vor dem Ärztezentrum. Feueralarm. Einsatzfahrzeuge. Krankenwagen. Chaos. Alles abgesperrt. Ausgerechnet jetzt.

Mein Polo wartete in der Schleiermacherstraße. Corona-Maske über die Nase. Ein überforderter Polizist stand im Regen. Er ließ mich durch. Danke.

Mit dem Auto steuerte ich den City-Tunnel an. Mein Ziel war der Alte Friedhof in der Nieder-Ramstädter Straße. Ein Begräbnis. Auf den Gottesdienst konnte ich verzichten. Ihre Trauerfeier lief bestimmt seit einer Viertelstunde. Zum Glück fand ich einen Parkplatz im Herdweg. Fünf Minuten von der Trauerhalle entfernt.

Schweiß auf der Stirn. Es half nichts: Ich zog den abgewetzten Parka über. Seit Jahren gammelte er auf dem Dachboden vor sich hin. Darin würde mein eigener Sohn mich nicht erkennen. Den Reißverschluss ließ ich halb offen. Meine Krawatte verdeckte ein dünner Schal. Ich setzte eine Prinz-Heinrich-Mütze auf.

Es regnete immer noch. Trotzdem blieb ich auf dem Vorplatz. Bloß nicht auffallen. Meine FFP2-Maske behielt ich an.

Im Eingang links ein gewaltiger Kranz auf einem Ständer. Oben flatterte ein pinkfarbenes Halstuch im Wind. Ihr Halstuch.

Soeben wurde eine Karre mit dem Sarg aus der Seitenpforte der Kapelle geschoben. Leichenbestatter in Uniform. Ein Mann im Messgewand. Stola, Kreuz, Weihrauchfass – alles da.

„Zum Paradiese mögen Engel dich geleiten."

Petrus zeigte ein Einsehen. Die Regenwolken verzogen sich. Es wurde heller. Ob ich meine Sonnenbrille aufsetzen sollte?

Der Geistliche führte unsere Trauergemeinde an, als Einziger ohne Maske. Eine Messdienerin begleitete ihn mit dem Weihrauchfass, eine zweite trug das Schiffchen sowie den Weihwasserbehälter mit einem Aspergill zum Versprengen.

Hinter ihnen zog der Bestatter die Pritsche mit dem Sarg der Verstorbenen, gefolgt von einer einsamen Angehörigen. Möglicherweise einer Schwester. Eine kleine Trauergemeinde schloss sich an. Schweigend. Nur Frauen. In Schwarz. Offenkundig jung. Ob es Kolleginnen waren? Bescheiden folgte ich ihnen.

„Heute noch wirst du bei mir im Paradiese sein, hat der Herr am Kreuz zum reuigen Schächer gesprochen."

Konnte es sein, dass ein paar Worte des Geistlichen seine Zuhörer in eine frühere Zeit versetzten? In ein Parallel-Universum?

Vor gut zwei Wochen streikte der Anlasser ihres Wagens. Morgens um vier. Otto-Röhm-Weg, am anderen Ende der Stadt. Sie trug ein pinkfarbenes Halstuch. Ich erkannte sie sofort, trotz der frisch blondierten Haare. Zuckersüß bot ich ihr an, sie nach Hause zu bringen. Dabei blieb es nicht.

Gerade war ich gedanklich abwesend. Für den Kleriker bildete der Gottesacker wohl das irdische Sinnbild des Paradieses.

„Indem wir den Leib der Verstorbenen zum Friedhof geleiten, beten wir, dass ein anderes Geleit von oben her komme und ihre Seele zum Himmel führe."

Tröstlich, dass dies selbst für einen Gottesmann keinesfalls selbstverständlich erschien; selbst er musste seinen Herrn darum bitten.

Der Zug hielt an. Ausgehobene Erde. Erneut: „Zum Paradiese mögen Engel dich geleiten. Die heiligen Märtyrer dich begrüßen."

Auf dem Erdhaufen lagen Trauerkränze mit Schleifen. „In Liebe" stand da. „Wir werden dich niemals vergessen".

Natürlich nicht. Zumindest ihre nervige Art, ununterbrochen zu plappern und die Haare zu schütteln. Kaum zu ertragen. Hätte sie da nicht gleichzeitig erotisierende Sinfonien erschaffen, aus üppigen Formen, durstigen Lippen, sinnlicher Haut und quirligen Fingern.

Sargträger stellten die Lade mit den sterblichen Überresten auf zwei Bretter über dem offenen Grab, ergriffen vorbereitete Stricke und hoben sie leicht an. Dunkles Holz, schwere Messingbeschläge, gewaltige Seitengriffe. Der Friedhofswärter zog beide Bretter heraus. Ruckelnd glitt der Sarg nach unten.

Ich bewegte mich dezent zur Seite, weil ich näher heranwollte. Die Mütze schob ich tiefer in die Stirn. Meine Schuhe versanken im feuchten Aushub, fast bis zu den Knöcheln. Ich würde nach Hause müssen, um die Schuhe zu wechseln, bevor ich ins Büro ging. Immer kam etwas dazwischen.

Aus irgendeinem Grund quetschte sich eine Messdienerin direkt vor mich. Der Seelsorger stellte sich keinen halben Meter entfernt auf.

„Der Leib wird der Erde übergeben, aus der er genommen ward." Täuschte ich mich, oder nahm ich eine Alkoholfahne wahr bei den gesalbten Worten? Wenn unsere Soziologen recht hatten, bevorzugten Männer inzwischen Liköre – während sich Frauen an scharfe Schnäpse hielten. „Die Seele der Verstorbenen aber, so beten wir, möge in das Reich des Himmels geleitet werden."

Der Chef des Priesters bestand offensichtlich auf einer regelrechten Bitte – ebenso wie der Vater Staat, der dir erst Hilfe gewährt, wenn du sie förmlich beantragst. Niemand weiß das besser als wir vom Ausländeramt.

Erneut trösteten die erbaulichen Worte des Predigers die geschundenen Seelen der

Zuhörer. „Eine blühende Frau wurde im Alter von dreißig Jahren aus unserer Mitte gerissen. Ihre Seele wird jetzt im Himmel wohnen. Doch auch ihr Leib wird nicht für ewig in Finsternis und Todesschatten bleiben. Einst wird sie heimsuchen Christus." Da blitzte es in den Augen der Trauernden; selig hing die karge Gemeinde an seinen Lippen. „Er wird sie auferwecken in jugendlicher Gestalt und ihr Anteil gewähren an der ewigen Herrlichkeit."

Vor so viel Verkommenheit war keine göttliche Macht gefeit. Wer schöne warme Worte über sich hören will, sollte vielleicht einmal sterben.

„Ich bin die Auferstehung und das Leben. Wer an mich glaubt, der wird leben, auch wenn er gestorben ist. Wie es war im Anfang, so auch jetzt und allezeit – und in Ewigkeit."

Erst viel später, nach einer Ewigkeit sozusagen, eigentlich zu spät, erkannte sie mich in jener Nacht vorletzte Woche. Kunststück. Ein Vollbart modifizierte seit Monaten mein Gesicht zur unteren Hälfte. Meine Stirn – kahl geworden; eine gewaltige Brille hatte ich durch Kontaktlinsen ersetzt.

Im vergangenen Jahr verpetzte sie eine neidische Kollegin wegen eines abgelaufenen Passes. Ein Beamter der Stadt stellte sie zur Rede. Doch blonde Frauen waren sein Schicksal. Das merkte sie und bot ihm Liebe. Er nahm an – dann forderte er das wöchentlich. Umsonst. Sie rächte sich, indem sie seinen Chef anrief: Er hätte sie genötigt. Zu allem Möglichen.

Der Beamte wurde zurückgestuft; eine Karriere ging jäh zu Ende. Seine Frau zog aus. Mit den Kindern. Eine Freundin verließ ihn.

Der Beamte war ich.

Für einen Moment ruhten die Blicke des Pfaffen auf dem Sarg tief unten. Ob er sie persönlich gekannt hatte? Enthielt er sich, was das andere Geschlecht anging?

Oder haderte er mit dem Zölibat? Beklagte er womöglich einen schmerzlichen Verlust, nachdem ein Navaja-Messer mit einem kleinen Schnitt durch ihre Kehle ihr zügelloses Treiben für alle Zeit beendete?

„Herr, gib ihr die ewige Ruhe."

Ich hätte dazu nichts zu sagen gewusst. Alle anderen kannten die Antwort: „Und das ewige Licht leuchte ihr."

Der Mann Gottes wandte sich kurz um. „Lasset uns in Liebe unserer Schwester gedenken, die unter uns gelebt und die Gott zu sich gerufen hat."

Betretenes Schweigen. Bestimmt länger als eine Minute. Die Messdienerin vor mir trug einen Pferdeschwanz. Sie drehte den Kopf. Ebenmäßige Züge. Blonde Haare. Bestimmt nicht volljährig. Ob ich mich wohl mit dem HIV-Virus infizierte vor zwei Wochen?

Die Stille zerbrach, als der Pastor nach dem Weihwasserwedel aus dem Aspersorium griff. Bedächtig besprengte er den Sarg in der Grube.

„Mit himmlischem Tau erquicke der Herr deine Seele."

Er beräucherte das Grab mit Weihrauch.

„Mit himmlischem Wohlgeruch erfülle er sie."

Der Pfarrer ergriff die Schaufel. Dreimal warf er Erde über den Sarg tief unten.

„Staub bist du und zum Staube kehrst du zurück. Der Herr aber wird dich auferwecken am Jüngsten Tage."

Sicher würden im selben Augenblick Jubelschreie aus dem Saunaklub erklingen, in dem sie ihre letzten Jahre verbrachte. Ob es am Jüngsten Tag überhaupt noch so etwas gab?

„Die Seele dieser Verstorbenen möge ruhen in Frieden."

Er ging zur Seite. Eine der beiden Messdienerinnen zauberte einen Klingelbeutel herbei. Sie postierte sich fünf Meter weiter an einer Stelle, die alle passieren mussten.

Ich schaute auf meine Uhr. Halb zwölf. Im Computer des Arztes befand ich mich exakt in diesem Moment am Willy-Brandt-Platz und ließ mir Blut abnehmen.

Erst als sämtliche Blumen der Trauergemeinde der Toten hinterhergeworfen waren, trat ich an die Stirnseite. Verstohlen schaute ich mich um. Trauernde kramten nach Kleingeld für die Kollekte. Alle drehten mir den Rücken zu. Aus meiner Jackentasche zog ich geräuschlos das spanische Klappmesser. Sorgsam abgewischt und mit Papier umwickelt. Diskret ließ ich es in das Grab gleiten. Ganz am Rande. Ich schaute hinunter.

Nichts mehr zu sehen.

Andreas Roß SCHÖNES NEUES HEINERFEST

Er war stolz auf seine neue Uniform und fasziniert von dem Glitzern im blauen Stoff. Das Aufleuchten hatte etwas Magisches an sich. Bei jeder Bewegung gab es eine Veränderung, mal war sie klar wie LEDs in Reihe geschaltet, mal vernebelt wie ein Nordlicht. Er wusste, er konnte die Form des Leuchtens mit seinen Gedanken beeinflussen, es gelang ihm aber noch nicht so recht. Er musste üben, deswegen konnte er den Blick nicht von den aufblitzenden Leuchtpunkten nehmen und stolperte, den Kopf gesenkt, am Darmstadtium vorbei, was in keiner Weise dem Erscheinungsbild entsprach, das von ihm erwartet wurde. Als Kommissar sollte er aufrecht und selbstbewusst schreiten und auf die Anweisungen seiner Smartbrille achten, die sich vor seinen Augen bildeten. Dabei sollte er sich allerdings nicht von den Werbebotschaften ablenken lassen, die auf der Fassade des von den Darmstädter Ureinwohnern „Schepp Schachtel" benannten Kongresszentrums in 3D-Projektionen erschienen und auf ihn einprasselten. Die Botschaften waren exakt 20 Sekunden lang und auf die besonderen Bedürfnisse und Wünsche des Vorbeilaufenden zugeschnitten.

Willi Smith hatte den nächsten Urlaub in einem gemieteten Wohnmobil geplant und nun zeigten ihm die holographischen Darstellungen wunderbare Landschaften, die mit Straßen durchzogen waren, auf denen sich bei strahlendem Sonnenschein farbenfrohe Wohnmobile bewegten. Dazu kernige Sprüche und immer der Hinweis, dass dieses günstige Angebot nur noch einen Tag gelten würde. Smith müsse sich heute noch entscheiden und könne die Buchung über seine Smartbrille aktivieren.

Gestört von einem Pfeifen im Ohr riss sich der frischgebackene Kriminalkommissar Willi Smith von dem Wunsch los, gerade jetzt das Leuchten seiner Uniform in den Griff zu bekommen und konzentrierte sich auf die Anzeigen seiner Smartbrille. Er blickte nach schräg links oben und konnte die aktuelle Temperatur, die Luftfeuchtigkeit, den Luftdruck und die Wettervorhersage der nächsten halben Stunde ablesen und wusste sofort, ob er fror oder ob er besser den Reißverschluss seiner Jacke etwas öffnen sollte, weil es ihm zu heiß war. Die Temperatur war mit 21 Grad Celsius sehr angenehm und es würde voraussichtlich nicht regnen. Der Kommissar stutzte. Er spürte, wie enttäuscht er war, gerne hätte er getestet, ob die Uniform wasserdicht sein würde.

Jetzt veränderte sich die Anzeige. In Rot erschien das Wort „MOB" und es blinkte im selben Rhythmus wie der Ton in seinen Ohren. Kriminalkommissar Willi Smith blickte auf. Auf dem kleinen Platz direkt vor dem Eingang des Darmstadtiums hatten sich einige Demonstranten versammelt. Die meisten trugen Schilder mit den Aufschriften „Freies Grinsen" oder „Weg mit den Grinskontrollen".

Kommissar Smith wusste, er durfte hier nicht einschreiten. Seine Kollegen mussten sich mit den Aufsässigen herumschlagen, die lautstark gegen die neu eingeführten Emo-Chips protestierten. Smith hatte davon gehört, dass es Gegner dieser technischen Innovation gab, obwohl die Implantate vom Volksrat getestet und für gut befunden worden waren. Einige Menschen schienen sich vor den Strahlungen zu fürchten, die die Chips aktivierten und miteinander verbanden. Dies war natürlich totaler Schwachsinn und wissenschaftlich gesehen eine nicht haltbare Befürchtung, wusste Smith. Er hatte ein Gutachten gelesen, das von dem Rat in Auftrag gegeben worden war.

Der Kommissar machte einen Bogen um die Demonstranten, obwohl er denen gern gezeigt hätte, was ein echter Staatsdiener leisten konnte. Seine Ziele waren der Marktplatz als auch der angrenzende Friedensplatz. Seit letzten Donnerstag wurde dort zum hundertsten Mal das innerstädtische Heinerfest ausgerichtet. Smiths Aufgabe bestand darin, die Besucher zu scannen und im Zusammenspiel mit seinen Kollegen für Ruhe und Ordnung zu sorgen. Dazu war er ausgebildet und diese Aufgabe wollte er

gut erfüllen. Er hatte noch einiges vor auf der Karriereleiter, deren erste Stufe er gerade erst erklommen hatte.

Voller Selbstbewusstsein schritt er an der akkurat gefassten Einbettung des offen gelegten Darmbachs entlang. Als er die Landgraf-Georg-Straße überqueren wollte, piepste es erneut in seinen Ohren. Gleichzeitig zeigte die Smartbrille im unteren rechten Bereich ein dreidimensionales und rotblinkendes D, ein unverkennbares Zeichen für ein Delikt, welches sofort geahndet werden musste. Es handelte sich um einen Hund. Mit schnellen Schritten eilte Smith auf den Hundehalter zu.

„KK Smith", stellte er sich mit streng klingender Stimme vor, „der implantierte Beutel ihres Hundes ist leer. Was haben Sie dazu zu sagen?"

Der joggingbehoste Turnschuhträger rückte lässig seine Schirmmütze zurecht und schaute dem Kommissar direkt in die Augen. „Mach mal halblang, Alter. Ich komme grad von dem Grünstreifen an der Stadtmauer. Da hat Hasso sein Geschäft gemacht, ein Mörderhaufen, sag ich dir. Dabei ging die gesamte Scheiß-Zersetzersoße drauf. Hasso ist jetzt ausgekackt, ich brauch den Zersetzer nicht mehr. Zuhause füll ich den Beutel wieder auf. Also, wo ist das Problem?"

Smith wusste, wie mit Respektlosigkeit umzugehen war. Er zog einen Block aus der Jackentasche und dazu einen Stift.

„Hiermit verwarne ich sie. Das Bußgeld beträgt 0,3546 Westworldcoins", sagte er schroff, riss den Zettel vom Block und reichte ihm seinem Gegenüber.

Der Hundehalter grinste frech, nahm das Papier, zerriss es, spuckte dem Uniformierten vor die Füße, drehte sich um und flüchtete mitsamt seinem Bullterrier. Smith schob die Brille nach oben und dachte angestrengt: „Stopp Polizei! Ergreift den Flüchtenden!" Erst passierte nichts, dann jedoch leuchtete die Uniform auf Rücken und Brust auf und Buchstaben erschienen. „Pop Stolizei! Reif den Düftenden!" war zu lesen und die Passanten, die gezwungen waren, das Schauspiel zu beobachten, weil ihre Smartbrillen nichts anderes als den Schriftzug und den Hundehalter zeigten, griffen nicht ein, sondern lachten lauthals und klopften sich auf die Schenkel. Es ähnelte einer Gruppe schuhplattlernder Traditionalisten aus dem nahen Bayernlande. Kommissar Smith lief rot an und verfolgte allein den dreisten Jogginghosenträger. Dabei flackerten immer neue Buchstabenformationen über seine Uniform. „Top Holzerei. Seift den Brüstenden", „Brei. Verwüsten" oder zum Schluss nur noch „Popelei". Smith schwor sich, den Gedankenübersetzer hinter seinem Ohr neu zu justieren oder einfach nur auszutauschen. Er war die Staatsgewalt und durfte sich nicht zum Gespött der Menschheit machen. Mit dieser Gewissheit und der geballten Wut, der er freien Lauf ließ, packte er den Flüchtenden an dessen schmuddeligem Hemdkragen und schrie ihn an. Der Bullterrier war ein treuer Gefährte. Er fletschte die Zähne, schnellte nach vorne und verbiss sich in Smiths Hose. Hochspannung, dachte der Kommissar kurz, und die Uniform reagierte sofort. Wie von einer riesigen unsichtbaren Faust getroffen, flog der Hund jaulend und in hohem Bogen davon, knallte auf das Kopfsteinpflaster vor der altehrwürdigen KRONE und blieb winselnd liegen. Der Hundehalter hob beide Hände, gab klein bei und ließ sich von zwei herbeigerufenen Kollegen Handschellen anlegen und abführen. Die Passanten, die eben noch schenkelklopfend herumgetanzt waren, verdünnisierten sich in alle möglichen Himmelsrichtungen, so als wäre nichts gewesen. Willi Smith klopfte seine Uniform aus. Er dankte kurz den beiden Kollegen und machte sich auf den Weg in Richtung Markplatz. Er hatte schließlich einen Auftrag.

Auf der Fassade des Schlosses konnte Smith eine Dokumentation über das Leben des Großherzogs Ludewig I. von Hessen und bei Rhein sehen, er musste nur seine Smartbrille antippen, dann hörte er über die integrierten Kopfhörer den Ton dazu. Der Kommissar war beeindruckt, dass der Bürgerschaft dieses kostenfreie Bildungsangebot im Rahmen des einhundertjährigen Jubiläums des Heinerfestes präsentiert wurde, er wunderte sich allerdings, dass kaum jemand vor dem Schloss stand und den Film anschaute.

Kannten alle die Darmstädter Geschichte oder interessierte es niemanden mehr?

Smith dachte noch darüber nach, als sein Blick über den Markplatz glitt. Hunderte Personen standen dort herum und schauten in verschiedene Richtungen. Manche drehten sich im Kreis, andere hüpften herum oder vollführten komische Bewegungen mit Armen und Beinen. Kommissar Smith war klar, warum sie dies taten. Er löste die Virtual-Reality-Brille von seinem Gürtel, zog sie über seine Smartbrille und befand sich mitten auf einem Jahrmarkt in seiner schönsten Form. Überall Fahrgeschäfte, Geisterbahnen, Fressstände und das obligatorische Riesenrad vor dem alten Rathaus. Die gesamte Szenerie wirkte solange eigenartig und unwirklich, bis der Kommissar die Ton-, Gerüche- und Berührungssignale per Fingerschnipser zuließ, die ihm der virtuelle Wirklichkeits-Transformator anbot. Jetzt stand er inmitten eines gigantischen Treibens. Er konnte sich kaum beherrschen zur nächstbesten Attraktion zu gehen, digital zu zahlen und sich einfach treiben zu lassen, bis er die Verbindung der Brille mit seinem Lustzentrum unterbrach. Anscheinend hatte sich diese automatisch aktiviert. Smith atmete tief durch und genoss die Wirkung des Dopamins, das sich schon gebildet hatte. Zehn Sekunden später war die Wirkung verpufft und der Kommissar konzentrierte sich wieder auf seine Aufgabe. Die Datenmenge, die auf seiner Smartbrille erschien und sein Hirn flutete, überforderte ihn kurzzeitig. Die Emotionsdaten jedes einzelnen Heinerfest-Besuchers wurden gezeigt und liefen dann rechts aus dem Blickfeld. „Mist", entfuhr es dem Kommissar. Er musste die Datenanzeige verändern, dazu musste er erst die VR-Brille abziehen. Als er das geschafft und die notwendigen Veränderungen vorgenommen hatte, sah er klarer. Die Daten bildeten Blöcke und die Emotionszustände der Menschenmasse wurde in Prozenten angezeigt:

Besucher verfolgt eigene Bedürfnisbefriedigung (63,56%),
glücklich (18,76 %),
emotional geladen, aber friedlich (21,98 %),
aufgeputscht, indifferent (8,62 %),
latent aggressiv (3,45 %),
offenkundig aggressiv (1,38 %).

Der Kommissar war zufrieden. Das Aggressionspotential lag unter 5 %, ein guter Wert. Derzeit gab es keinen Anlass zum Eingreifen. Er konnte sich auf den Weg zum Friedensplatz begeben, um dort weitere Messungen vorzunehmen. Mit jedem Schritt versank er mehr in Gedanken. Er spürte Nervosität. Irgendetwas stimmte nicht. Er fühlte es, wusste aber nicht, was es war. Er musste von dem Bauchgefühl zu seinen Kopfgedanken zurückkehren, er musste vernünftig sein, nachdenken, logisch an die Sache herangehen. Er musste ...

Willi Smith blieb abrupt stehen. Wie ein Blitz traf ihn die Erkenntnis. Das Aufaddieren der verschiedenen gemessenen Gefühlzustände lag bei mehr als 100 %, es lag genaugenommen bei 117,75 %. In Smiths Hirn arbeitete es, als stecke darin eine Waschmaschine im Schleudergang. Er verwandelte jede Ziffer in einen Buchstaben und vor seinem geistigen Auge erschien *AAGGE*, die Abkürzung für die Aktivistengruppierung *Anonyme Anarchisten gemeinsam gegen Emotionskontrollen*.

Seine Smartbrille war gehackt worden, das war das Offensichtliche. Sofort forderte er Verstärkung an. Kein Kollege hörte ihn oder meldete sich. Keine Verbindung zur Zentrale. Die Ohrstöpsel transportierten nichts als ein leises Rauschen.

Die Masse hatte sich mittlerweile formiert und kam auf ihn zu, umringte ihn und verhielt sich so, wie es Smith nur aus Zombiefilmen kannte. Ein letzter gellender Schrei und der Kommissar wurde zu Boden gerissen.

Kriminalhauptkommissar Lothar Ludwig Dobermann, der wegen seiner Körpergröße von seinen Kollegen gern der *Lange Lui* genannt wurde, saß schweratmend und aufrecht in seinem Bett. Noch immer war er in dem Albtraum verfangen. Er schüttelte sich und sein Blick fiel auf die Neuübersetzung von Georg Orwells „1984" und er schwor sich, in Zukunft vor dem Einschlafen nicht mehr darin zu lesen.

Susanne Roßbach NACHTSCHICHT

Es waren ziemlich viele gekommen. Dafür, dass sie in den letzten Monaten so zurückgezogen gelebt hatten. Jedenfalls mehr, als er gedacht hatte.

Misstrauisch ließ er seine Augen über die Trauergäste schweifen. Alte Gewohnheiten gibt man nicht so schnell auf. Er presste die Lippen zusammen. Ob das Arschloch anwesend war? Ob er den Mumm hatte, hier zu erscheinen?

Kauli trat vor und sagte ein paar Worte. Sehr nett von seinem Freund. Er selbst hätte jetzt kein Wort herausgebracht.

Von der Urne war nur die obere Hälfte zu sehen. Ein nüchterner, zweckdienlicher Behälter. Es schien ihm einfach nicht möglich, diesen in irgendeiner Form mit Sandra in Verbindung zu bringen. War sie wirklich da drin? Steckten alle ihre gemeinsamen Jahre, ihre Krisen und ihre Versöhnungen, ihre Urlaube und die heißen Nächte ihrer ersten Verliebtheit in diesem Behälter? Auch das so vertraut gewordene „Gscht" ihres an den Mund gehaltenen Asthma-Sprays? Ihre verängstigten Augen, wenn er sie hatte zurechtweisen müssen, und ihr verträumter, sehnsuchtsvoller Gesang, dessen bruchstückhafter Hauch zuweilen von der Küche bis ins Wohnzimmer herübergeschwebt war? Seine Rechte spielte mit der Flasche in seiner Manteltasche.

Kauli war zurückgetreten, hatte die Hände vor sich verschränkt und blickte nun ebenfalls auf das Erdloch, in dem die Urne stand. Tannenzweige umsäumten seinen Rand; eine Verzierung, die irgendwie hilflos wirkte. Sie war fort, wo auch immer sie sich nun befand, und er würde niemals mehr erfahren, welcher Nebenbuhler während seiner Nachtschichten mit ihr im Bett gelegen hatte.

Auf einmal stand Herr Röder vor ihm. Er hob nur kurz die Hand wie zum Gruß. „Tut mir sehr leid." Dann dessen Frau. Sie machte große Augen und nickte mehrmals. „Mein aufrichtiges Beileid!" Anschließend Harald, Sandras Bruder. Er war der Einzige aus ihrer Verwandtschaft, der gekommen war. Wegen Corona. Harald klopfte ihm leicht auf die Schulter, und er musste sich zusammenreißen, um nicht zurückzuweichen. Die Pandemie hatte ihre Spuren hinterlassen.

Die Schlange derer, die ihm kondolierten, schrumpfte sichtlich. Er musste noch das Essen überstehen, dann würde er endlich gehen können. Noch ein letztes Nicken, ein letzter Dank.

Der Gesichtsausdruck der Frau, die ihm plötzlich gegenüberstand, riss ihn aus seinen Gedanken. Ihre Augen glänzten, ihr Blick versprühte Hass. Auch ihre FFP2-Maske konnte ihre zischend ausgesprochenen Worte kaum dämpfen.

„Wie fühlt man sich eigentlich, wenn man so große Schuld auf sich geladen hat? Quält dich dein Gewissen? Hast du dir insgeheim vielleicht sogar gewünscht, dass sie elendig verreckt?" Ihre Stimme wurde bei ihren letzten Worten leicht brüchig, und sie atmete sichtbar tief ein und wieder aus, während er nach einer Erwiderung suchte.

„Was redest du für einen Stuss?" Er merkte selbst, dass diesen Worten der Nachdruck fehlte. Seine Hand krampfte sich um die Flasche. Kauli verließ seine Position und näherte sich ihnen.

Sie zog beim Einatmen ihre Schultern hoch. „Monatelang machst du sie mit deiner herbeigefaselten Untreue fertig, nur weil dir dein eigenes mickriges Selbstwertgefühl einredet, dass sie einen anderen haben müsste, und weißt du was? Ja, sie hätte einen besseren Mann verdient als dich, ganz bestimmt!" Sie hob ihre Hände, als wolle sie ihn anspringen, und ihr Körper bebte.

Kauli hatte sie endlich erreicht. „Wir sind hier auf 'ner Beerdigung! Was hast du für ein Problem?"

Sie entließ ihn nicht aus der Umklammerung ihrer bohrenden Augen. „Du hast sie bequatscht, auf die lebensrettende Impfung zu verzichten, das ist das Problem!" Sie hatte ihrer Stimme mehr Druck verliehen, und aus dem Augenwinkel konnte er sehen, dass sich einige der abziehenden Trauergäste nach ihnen umdrehten. Seine Schläfen pochten, aber sie war noch nicht fertig. „Weil du ein Vollidiot bist, ..."

„Jetzt reiß dich mal zusammen!" Kauli wurde ebenfalls lauter.

„... ein Coronaleugner, ..."

„Das geht dich einen Scheißdreck an!"

„... einer, der sich den Aluhut schon bis über Augen und Ohren gezogen hat! Aber ich glaube trotzdem nicht, dass du jemals wieder ruhig schlafen können wirst!" Ihre letzten Worte hallten in ihm nach, ihre rechte Hand wies auf ihn, als wolle sie ihrem Fluch den Weg bahnen, auf dass er ihn ja ereile, und ihre rot lackierten Fingernägel, einer Hexe gleich, sprachen von Tod. Sie wandte sich abrupt ab.

„Sieh zu, dass du Land gewinnst!", rief Kauli ihr nach. Sie drehte sich nicht um und stapfte mit eiligen Schritten und kantigen Bewegungen Richtung Ausgang.

Beide Männer schauten ihr ein paar Sekunden hinterher. Dann wandte sich Kauli an ihn. „Was wollte Annette denn?" Er kniff die Augen zusammen.

„Die hatte ich schon immer gefressen." Er versuchte sich zu beruhigen, aber seine Hand in der Tasche umschlang die Flasche nach wie vor.

„Hat sie nicht was von Untreue gesagt?" Kauli betrachtete seine Handschuhe und zog sich dann beide fester an. „Falls ich es richtig verstanden habe."

„Was Weiber halt so quatschen." Er fuhr sich durch die Haare. „Wenn Sandra fremdgegangen wäre, dann wäre aber Polen offen gewesen." Er winkte ab. „Und mir dann Vorwürfe zu machen, weil wir nicht geimpft sind ... waren. Dabei war keiner so vorsichtig wie wir. Niemanden mehr getroffen, im Job nur mit Maske, und wenn ich heimkam, immer schön desinfiziert." Er schüttelte den Kopf. „Nee, also ich ..."

Kauli hob beschwichtigend die Hände. „Klar, Mann, ich weiß. Wir zwei haben uns ja auch praktisch nicht mehr gesehen ..."

„Eben! Obwohl du sogar geimpft bist ..."

Kauli nestelte erneut an seinen Handschuhen. „Lass uns gehen, ich glaube kaum, dass Annette noch zum Essen kommt." Er lachte gehässig. „Vergiss die blöde Trulla einfach." Er nickte, wie um seine eigenen Worte zu bekräftigen. „War 'ne schöne Beerdigung. Ich war noch nie hier im Trauerwald in Eberstadt."

„Ich auch nicht."

„Und jetzt könnte ich einen Happen vertragen." Kauli lächelte aufmunternd. „Wie war das noch? Du hast im Darmstädter Hof reserviert?"

Er nickte erschöpft.

Auch nach dieser langen Zeit fand er Kaulis Klingelschild im Pfannmüllerweg auf Anhieb. „Schuberth" mit einem kleinen, braunen Fleck am rechten Rand, der auch über all die Jahre nicht hatte ausbleichen wollen.

Ein Summton erklang, und er zog an der Haustür. Im Flur empfing ihn ein vertrauter Geruch. Natürlich. Vor der Pandemie hatten sie sich regelmäßig getroffen.

Kauli wohnte weit oben, im elften Stock. Elf Stockwerke sollten reichen. Der Winter hatte ihn gelähmt, die schlaflosen Nächte in der Dunkelheit ausgezehrt. Der Frühling jedoch verlieh ihm die nötige Kraft.

Die Fahrstuhltür schloss sich, und der Aufzug bewegte sich nach oben.

Er würde mit einem schönen Männerabend gehen. Kauli würde es sicher verstehen. Er würde sich freuen, dass er mit ihm die letzten Stunden verbracht hatte. Er nahm anständig Abschied, wie es sich unter Freunden gehörte.

Seine Vertrautheit mit der Wohnung würde es ihm einfach machen. Er müsste es nur über die Balkonbrüstung schaffen. Der Rest würde von alleine passieren. So, wie ihn der Aufzug nach oben trug, würde er umgekehrt den Rückweg antreten, nur etwas schneller. Es würde überhaupt alles ganz rasch gehen. Es war ein guter Plan. Er nickte mehrmals leicht, wie um sich selbst zu bestätigen, dass der Plan gut war.

Die Aufzugtür öffnete sich. Kaulis Wohnungstür stand bereits offen.

„Ei Gude!" Er setzte im Näherkommen ein Lächeln auf. „Guck mal, was ich Schönes mitgebracht habe!" Er hielt ihm den Schnaps vor die Nase.

„Genial, Alter!" Kauli nahm ihm die Flasche ab. „Schön, dass du dich doch wieder zu einer ‚Männer-Nachtschicht' durchringen konntest! Lass uns ins Wohnzimmer gehen, es läuft gerade ‚Medical Detectives'." Kauli lief vor.

Auf dem Couchtisch standen bereits zwei leere und eine halbvolle Bierflasche, zu denen sich jetzt die Schnapsflasche gesellte. Er setzte sich auf das Sofa, während Kauli zwei Schnapsgläser aus der Vitrine holte und auf dem Tisch platzierte, ohne seine Augen vom Fernseher zu lassen. Dann verschwand er kurz in der Küche und kam mit einer Bierflasche wieder. „Schön gekühlt, wie du es magst."

„Danke." Er öffnete die Flasche.

„Guck dir das an." Kauli zeigte auf den Bildschirm. „Die hat ihn wegen dreißigtausend Dollar um die Ecke gebracht, stell dir vor! Wegen so ein paar mickriger Mäuse den eigenen Mann umzubringen! Nur, weil sie mit ihrem Lover abhauen will", erläuterte ihm Kauli den aktuellen Mordfall. „Aber wie weit kommt man schon mit dreißigtausend Dollar?" Er schnaubte kurz durch die Nase. „Lachhaft!" Er nahm einen Schluck aus seiner Flasche. „Jedenfalls bestätigt das mal wieder: Den Weibern ist nicht zu trauen. Drehst du ihnen den Rücken zu, schon rammen sie dir das Messer zwischen die Schulterblätter."

Er nickte Kauli zu und sah beiläufig auf den Fernseher. Er hatte Sandra auch nicht getraut, aber vielleicht hatte er sich ja doch geirrt. Annettes Auftritt bei der Bestattung hatte ihn verunsichert. Normalerweise sprachen Frauen doch über alles, und Annette schien tatsächlich von Sandras Treue überzeugt zu sein.

„Ja", unterbrach Kauli seine Gedanken, ohne den Blick vom Fernseher abzuwenden, „schön doof, die Mordwaffe im eigenen Keller zu verstecken!"

Annettes Wutrede ging ihm jedenfalls nicht aus dem Kopf. Dabei wäre Untreue die logische Erklärung für Sandras Tod gewesen: Ihr Liebhaber war ungeimpft, hatte erst sich und dann Sandra angesteckt, und wegen ihres Asthmas hatte sie die Infektion nicht überlebt. Das Schwein, das seine Frau gevögelt hatte, hatte ihren Tod verursacht! Er beugte sich vor. „Schenk mal was ein." Er hob sein Schnapsglas in die Höhe.

Es war schon lange dunkel, als der Gerstensaft seine Wirkung tat.

„Ich geh ma' kurz austret'n." Er erhob sich vom Sofa, wobei er sich einen Moment auf dem Couchtisch aufstützen musste. Als er stand, warf er einen Blick auf die Balkontür. Bald war er soweit. Pinkeln musste er trotzdem nochmal. Er wankte durch den Flur. Nur über die Brüstung, der Rest lief von alleine. Nur über die Brüstung.

Nachdem er sich erleichtert hatte und aus dem Bad trat, fiel ihm etwas Gelbes auf dem Schuhschrank ins Auge. Neben Kaulis Schlüsselbund lagen seine Börse und sein Impfausweis. Den hatte er beim Eintreten gar nicht beachtet. Vorne drauf stand der Name. „Karl Ullrich Schuberth". Aber Ullrich mit zwei L. Er starrte eine Weile darauf, bis er sich losreißen konnte.

Dann tappte er schwankend zurück ins Wohnzimmer und ließ sich aufs Sofa plumpsen.

„Ullrich mit zwo L", sagte er.

„Was?" Kauli sah ihn mit glasigen Augen an.

„Ullrich mit zwei L. Auf dei'm Impfausweis. Aber du schreibst dich doch mit ei'm L." Er hob den Zeigefinger. „Ein! L!"

„Ach sooo!" Kauli machte eine wegwerfende Handbewegung und grinste schief. „Die Fälschung'n von heute sin' auch nich' mehr das, was sie ma' wa'n." Er wandte sich wieder dem Fernseher zu. „War teuer genug."

„Wieso Fälschung?" Er legte die Stirn in Falten und blinzelte mehrmals, wie um den Nebel aus seinem Kopf zu vertreiben. „Was für 'ne Fälschung?" Seine Finger tasteten nach dem Schnapsglas.

„Na, der Ausweis", antwortete Kauli ungeduldig. „Wollt' nich' wie 'n Mensch zweiter Klasse behan'elt wer'n."

„Ach." Er hatte sich ja damals schon gewundert, warum Kauli sich plötzlich hatte impfen lassen, nachdem er bis dahin ständig seine Abneigung gegen das Impfen kundgetan hatte.

„Kann dir doch egal sein, ich war ja eh nich' mehr bei dir." Kauli setzte ein bockiges Gesicht auf und wedelte mit dem gestreckten Zeigefinger vor seiner Nase herum. „Ich war NICH' bei dir."

Außer das eine Mal. *„Warum es hier nach Rasierwasser riecht?" Sandra strich sich eine wildgewordene Strähne aus dem Gesicht. „Ich merke nichts. Ach so, Kauli kam kurz vorbei und hat gefragt, ob du am Wochenende was mit ihm unternehmen willst. Der Geruch ist wohl von der Wohnungstür in den Flur hineingezogen." Sie zuckte betont desinteressiert mit den Schultern. „Ich hab ihm gesagt, dass wir nicht mehr ausgehen."*

Ihm stockte der Atem, und er presste die Zähne derart zusammen, dass es schmerzte. Eine ohnmächtige Wut flutete seinen Körper.

Er stellte das Schnapsglas wie in Trance ab. Es kostete ihn eine unmenschliche Anstrengung, die verkrampfte Hand davon zu lösen. Langsam erhob er sich.

„Als ich eb'n pissen war, hab ich durchs Fenster in der Wohnung schräg ge'nüber welche poppen seh'n."

„Echt?" Kauli drehte den Kopf so schnell zu ihm, wie es sein Alkoholpegel zuließ. „Wo?"

„Ich zeig's dir. Kann man bestimmt vom Balkon aus beobacht'n."

„All's klar. Will ich seh'n." Kauli stand mühsam auf und folgte ihm auf den Balkon.

Walter Scheele EINE GANZ NORMALE NACHT

Dieser Abend war drückend heiß, wie jeder frühere Abend dieser Woche. Als die frisch ernannte Polizeioberkommissarin auf dem Parkplatz aus ihrem Privatwagen stieg, bedauerte sie schon jetzt, in den folgenden Stunden mit einem Wagen ohne Klimaanlage unterwegs sein zu müssen. Denn die Experten in der Beschaffungsstelle der hessischen Polizei hielten diesen Luxus für unnötig.

Im Gegenteil. Wenn die sommerlich-warmen Streifenwagen mit offenen Fenstern unterwegs wären, bekämen die Beamten auf Streifenfahrt besser mit, was sich um sie herum abspielte. Für den Winter gab es schließlich Heizungen in den Wagen. Serienmäßig, weshalb kostenlos.

Deshalb richtete sich Verena auf eine heiße Nacht ein. Zumindest der Temperaturen wegen. Wie heiß die Nacht wirklich werden würde, zeigte sich erst später.

Als sie vor dem Schichtplan stand, schlug ihr jählings ein Kollege auf die linke Schulter. „Wir haben heute das Vergnügen." Als sie sich umdrehte, sah sie in das vergnügt grinsende Gesicht von Thomas, von allen nur Tom genannt.

Der Hauptkommissar hatte im Sondereinsatzkommando SEK und als Personenschützer längere Erfahrung. Von normalem Streifendienst pflegte er etwa überheblich als entspannender Abwechslung zu sprechen. Auf Streife entging ihm allerdings selten etwas.

Verena war entschlossen. Nur nicht merken lassen, wie erleichtert sie war. Mit dem erfahrenen Kollegen als Streifenführer konnte nicht viel schiefgehen. Bei einem Kaffee besprachen sie mit den Kollegen den Dienstplan für die kommenden acht Stunden. Nächtliche Routine war angesagt: Bestreifen der bekannten Problemgebiete in ihrem Dienstbezirk.

Entsprechend der Personaldecke war die Besetzung des 1. Reviers in dieser Nacht dünn: eins plus drei. Das hieß ein Dienstgruppenleiter plus drei Streifenwagenbesatzungen. Allerdings würden nur zwei Streifen auf der Piste sein. Das dritte Team blieb mit Schreibtischroutine beschäftigt für unerwartete Vorkommnisse in der Wache.

Selbst eine Suchmeldung, die kurz nach Dienstantritt vom Polizeiführer vom Dienst im Präsidium an die Reviere ging, sorgte nicht für große Anspannung. Aus einer als problematisch eingestuften Familie in der Arheilger Rodgaustraße war – mal wieder – das 14-jährige Töchterlein als abgängig gemeldet. Diesmal war die junge Dame in aller Stille mit aktuellem Freund und Koffer abgerückt.

Der Koffer war neu, sonst hatte die Abgängige nur Kosmetika dabei, wenn sie verschwand. Meist tauchte die Minderjährige nach ein oder zwei Tagen wieder auf. Dann sah sie meist aus wie etwas, das die Katze nach einer Regennacht im Morgengrauen ins Haus schleppt.

So nahmen die Beamten an, werde es auch diesmal sein. Also kein Grund, umfangreiche Maßnahmen einzuleiten. Nur die Augen offenhalten, falls das Duo einer der Streifen zu Gesicht käme. Dann die 14-Jährige einsammeln, dem Jugendamt übergeben, Meldung schreiben und fertig. Routine eben.

Die erste Unterbrechung der sommerabendlichen Routine kam über Funk, als das Duo gerade losfahren wollte und noch vor dem Revier in der Bismarckstraße stand. „Meldung in der Bleichstraße. Vor einem Café soll es laute Diskussionen geben, meldet ein Anrufer." Der Diensthabende im Revier klang nicht besorgt.

Verena und Tom machten sich keine Gedanken. Als die junge Kommissarin in die Bleichstraße einbog, standen vor der polizeibekannten gastlichen Stätte mehrere Männer. „Diskutieren mit Armen oben, aber scheint nicht ernst", meldete Tom über Funk ins Revier. „Routine wieder aufnehmen", kam die Anweisung zurück.

Das sollte sich schnell ändern. „Alle Streifen Unterstützung Eberstadt-Friedhof, Haltestelle Frankenstein", meldete sich der Polizeiführer vom Dienst aus dem Präsidium. „Zwei größere Gruppen schlagen sich zwischen Straßenbahnhaltestelle und Friedhofseingang, angeblich Zaun niedergetreten." Die zuständige Polizeistation Pfungstadt habe Verstärkung angefordert, ergänzte der PvD. Dann gab er den Code für die Benutzung von Martinshorn und Blaulicht aus.

Während Verena den Wagen wendete, setzte Tom die Signalanlage in Betrieb. Seit es die blauen Rundumleuchten auf den Dächern der Wagen nicht mehr gab, störte das moderne Blaulicht weniger beim Fahren.

Während sie konzentriert fuhr, setzte der Hauptkommissar seine noch neue Kollegin ins Bild. „Wir fahren in einen sozialen Brennpunkt, der uns schon im alten Schlossrevier ständig in Atem hielt. Dort haben sich zwei Gruppen gebildet. Eine besteht hauptsächlich aus jungen Männern aus einem der Hochhäuser direkt an der Haltestelle. Die andere rekrutiert sich aus Familien aus einem der flachen Blocks. Hoch brisant, das Gemisch."

Beide Gruppen seien nicht nur äußerst gewaltbereit, sagte Tom weiter. „Die meisten jungen Leute haben einschlägige Erfahrungen mit uns: Gewalttaten, Raub, Diebstähle. Die greifen uns sofort an."

Vom Kiosk an der Haltestelle „Friedhof" aus folgten Verena und Tom den Straßenbahnschienen in das Problemgebiet. Schon von dort sahen sie Blaulichter anderer Streifenwagen. Eben als sie anhielten, kam ein Rettungswagen, stoppte schräg neben ihnen.

Ohne dass Zeit für lange Einweisungen blieb, griffen die Neuhinzugekommenen in die wilde Schlägerei ein. Sie war zwischen Friedhofseingang und Straßenbahnschienen der Haltestelle in vollem Gange. Die jungen Männer prügelten wild aufeinander und auf die Polizisten ein.

Nach kurzem, heftigem Scharmützel schienen die Hauptbeteiligten genug zu haben. Auf einen lauten Ruf stoben die meisten wild auseinander, verschwanden zwischen den Grabreihen des Friedhofs.

Die geballte Ordnungsmacht konnte nur wenige der Schläger in Gewahrsam nehmen. Sie wurden von zwei Transportern in die Gewahrsamszellen des Präsidiums verfrachtet. Alle wiesen Beulen, Schrammen und blutende Wunden auf. So wie einige Polizisten auch.

Ausnahme war nur ein junger Mann, der angetan mit dunklem Anzug nebst Krawatte, mit einem Blumenstrauß und einem Päckchen in den Händen, im wilden Getümmel in die Fänge eines Festnahmeteams geraten war. Einer Vernehmerin kam dieser feine Aufzug seltsam vor.

Als die erfahrene Beamtin ihn sich zur Befragung holte, war der junge Mann schon den Tränen nah. Mühsam ein Schluchzen unterdrückend, stammelte er: „Ich wollte nur zur Oma zum Geburtstag, da trifft sich die ganze Familie. Jetzt sitze ich hier und komme zu spät", heulte er plötzlich los.

Die Beamtin hatte Mitleid. Zumal sich die Geschichte schnell als wahr herausstellte. Nach kurzer Rücksprache mit dem zufällig vorbeikommenden Tom bot die Kollegin dem „Opfer von Polizeigewalt" an: „Wir bringen dich zur Oma. Sag mal, wie bist du da reingeraten?"

Der Beanzugte berichtete, er sei mit der Straßenbahn angekommen, ausgestiegen und wollte nur rüber zum Hochhaus, in dem die Oma wohnt. „Und da war ich schon mitten im Getümmel." Grinsend schnappte sich Tom den jungen Mann mit Blumen und Geschenk. Dann fuhren Verena und er den Erleichterten im Streifenwagen zurück an die Wohnung der Oma in Eberstadt.

Wobei sie merkten, dass sich schon wieder kleine Grüppchen am Friedhof versammelten. Tom hielt nichts von langen Vorreden. Er ging auf eine der Gruppen zu. Ohne Umschweife fragte er, was jetzt schon wieder los sei.

Sein Auftreten nötigte den Burschen Respekt ab. Genau wie Verena. Mit geschickten Fragen fand der erfahrene Tom heraus, um was es bei dem Krach gegangen war. Später im Streifenwagen berichtete er Verena: „Die eine Gruppe hat geklauten Schnaps auf einem Grab unter den Bodendeckern gebunkert. Die anderen haben's rausbekommen und den Schnaps gegriffen. Jetzt saufen die den Fusel und die Diebe stehen trocken. Ärgerlich."

„Geht die Auseinandersetzung jetzt wieder los?", wollte Verena wissen. Tom schüttelte den Kopf. „Ne", grinste er breit. „Ich hab denen geraten, sie sollen gemeinsam saufen. Dann sind die bald so dicht, da denkt keiner mehr ans Raufen." Verena schüttelte den Kopf.

Wie später der Dienstgruppenleiter im Revier auch. „Nach Vorschrift ist das nicht", murrte der. „Aber uns spart's 'ne Menge Arbeit", gab Tom zu bedenken. Womit die Sache erledigt war. Der erfahrene Beamte stand für pragmatische Lösungen. Seine Erfahrungen wollte und würde er in den nächsten Wochen an die junge Kollegin weitergeben.

Während der Streifenwagen mit Verena am Lenker mit Tempo 50 die Heidelberger Landstraße entlangrollte, nutzte Tom die Gelegenheit, ein wenig aus der Geschichte des 1. Polizeireviers zu erzählen. „Ich hab' den Umzug aus dem Schloss am Markt in unser jetziges Domizil im ehemaligen „Weißen Haus", wo die Staatsanwaltschaft bis zum Abriss residierte, erlebt. Im Schloss war's trotz aller Widerwärtigkeiten einfach klasse. Zwar rieselte in der Wache der Kalk von der Decke, im Flur vor den Gewahrsamszellen im Keller stand gelegentlich das Wasser, aber beschwert haben wir uns nicht."

Im alten Präsidium an der Dieburger Straße, laut Grundbuch „Großherzogliche Idiotenanstalt", sei es noch ärger gewesen. Die meisten Treppenhäuser hätten, wegen Baufälligkeit, nur mit maximal drei Personen benutzt werden dürfen. „Geschehen ist nix, bis eine Holztreppe zusammenbrach. Dann endlich ging es mit einem Neubau los."

Das gespannte Zuhören Verenas wurde jäh unterbrochen. Der Funk meldete: „Notruf in der Bleichstraße, Alarmstufe eins, alle verfügbaren Kräfte mit Sondersignal zum Einsatzort, Schusswaffengebrauch." „Da waren wir doch vorhin", merkte Tom lakonisch an. „War wohl doch nicht so harmlos."

Schon beim Einbiegen in die Bleichstraße hörten Tom und Verena das helle Knallen von Schüssen. „Da hat einer 'ne Glock, den Ton kenne ich", brachte Tom mit belegter Stimme hervor. Ihm war die Anspannung anzumerken. Befehlsgewohnt wies er Verena an: „Hinter mir raus, vorher Waffe klarmachen. Du bist zu unerfahren, um vorzugehen. Das mache ich." Dann schwieg er, beobachtete aufmerksam den vor ihnen liegenden Straßenabschnitt.

In dem Café, vor dem sich die Auseinandersetzung abspielte, brannte Licht. Sonst rührte sich nichts. Mehrere Männer schienen, hinter Autos in Deckung hockend, in eine heftige Schießerei verwickelt.

Tom übernahm das Kommando. Über Funk gab er einen ersten Lagebericht. „Ich gehe vor, habe einen Täter gut in Sicht, werde ihn von hinten überwältigen." Der SEK-Veteran wartete keine Anweisungen mehr ab. Mit Handzeichen dirigierte er Verena an einen Platz, wo sie die Übersicht über den Tatort behalten konnte. „Kollegen einweisen", rief er ihr zu.

Als mehrere Streifenwagen in den relativ schmalen Teil der Bleichstraße heulten, schlich sich Tom an. Die Kontrahenten waren abgelenkt, erkannte er. Ohne viel Federlesens sprang er dem Schützen in den ihm zugewandten Rücken. Mit der rauchenden Glock in der Hand ging der zu Boden. Als Tom ihm die Arme auf den Rücken riss, um ihm Handschellen anzulegen, krachte die Waffe zu Boden.

Aus einem anderen Streifenwagen spurtete ein Beamter hinzu. Ohne ein Wort zu verlieren, langte er hin, half Tom den Verdächtigen zu fesseln. Im Funk hörten die beiden Beamten dabei, wie Verena die Standorte der übrigen Beteiligten an der Schießerei beschrieb.

Flüchtende Gestalten flitzten in Richtung Steubenplatz davon. Eine von ihnen drehte sich um, feuerte auf die hinter einer Säule kauernde Verena. Die Kugel traf den brüchigen Pfeiler, Putz rieselte auf den Kopf der Beamtin. Eine Stimme im Funk überschlug sich fast: „Sofort fallen lassen, ich krieg ihn."

Wenig später schleppten zwei Kollegen einen knapp 18-jährigen Burschen heran. Er hatte versucht, eine Beretta unter ein parkendes Auto zu schleudern. „Ich habe den Schuss auf dich gesehen", sagte einer der Kollegen zu Verena. „Wo die Waffe liegt, wissen die anderen. Wir bringen sie zu euch aufs Revier."

Völlig ausgepumpt, atemlos und schockiert lehnte Verena am Streifenwagen, als Tom zu ihr trat. Beruhigend legte er seinen Arm um ihre Schultern. „Du warst großartig", lobte er, ehe die Kollegin etwas sagen konnte. „Deine Beobachtungen waren hilfreich. So ging es ohne Blutvergießen ab. Und du hast nur ein bisschen Mörtel in den Haaren. Die wirst du nachher aber erst waschen können, wenn die Spurensicherung mit dir fertig ist." Ihre Spannung löste sich in einem befreienden Lachen.

Die lange Nacht forderte ihren Tribut. Als Tom im Revier begann, den Einsatzbericht zu schreiben, schlief Verena neben ihm am Schreibtisch ein. „Das ist der Vorteil der Jugend", meinte Tom trocken. „Die können pennen, wo sie gehen, stehen oder sitzen."

Frank Schuster ÜBER DEN DINGEN

„In den Jahren 1953–1956 gelangte die Säule zu eher trauriger Berühmtheit, als sich viermal Selbstmörder von ihr herabstürzten, was am 15. Februar 1956 zur Schließung der Aussichtsplattform führte. Nach Einbau von Sicherheitsmaßnahmen wurde sie im Sommer 1958 wieder geöffnet."
(Peter Engels, „Kleine Geschichte eines großen Denkmals. Das Ludewigsmonument in Darmstadt", 1998)

Langsam zieht er die Füße heraus. Erst den linken, dann den rechten. Zufrieden stellt er fest, dass er die Zehen bewegen kann. Er springt herab auf die Plattform. Er spürt kleine Steinchen unter seinen Fußsohlen. Er muss kichern. Teils, weil es kitzelt, teils vor Freude.

Behutsam setzt er einen Fuß vor den anderen. Die Beine sind noch schwer. Kein Wunder, hat er doch so lange stillgestanden.

Wie der Weg nach unten führt, ist ihm sehr vertraut. Zu oft hat er Menschen durch die Tür auf- und wieder wegtauchen sehen.

Die Wendeltreppe dahinter ist sehr eng. Enger als er dachte. Er streift mit den Händen die Wände. Begierig ertastet er mit den Fingerspitzen jeden kleinen Kratzer, jede Erhebung. Erneut fängt er an zu kichern. Schon komisch, dass er jetzt die Treppe herabsteigt, die sonst so viele Menschen zu ihm hinaufsteigen.

Er hört erst wieder auf zu lachen, als er unten angekommen ist. Aufgeregt bleibt er vor der nächsten Tür stehen. Derjenigen nach draußen. Er gibt sich einen Ruck, öffnet sie und tritt hindurch.

Der Luisenplatz ist um diese Zeit fast menschenleer. Je tiefer die Nacht, desto leerer der Platz. Das konnte er von oben herab immer gut beobachten. Mit Anbruch des Tages füllt sich der Ort jedoch stets wieder neu, kehrt zu seiner gewohnten Geschäftigkeit zurück.

Über dem Dach des Kollegiengebäudes sieht er den schwarzen Himmel und die bleiche Mondsichel. Es bleiben ihm nur wenige Stunden.

Es ist noch nicht allzu lange her, da trug der Platz einen anderen Namen. Denjenigen eines Diktators. Jetzt heißt er wieder nach seiner geliebten Frau. Luise.

Die Papierrolle hat er oben liegen lassen. Ein kleines Stück hat er davon herausgerissen und trägt es, sicher verwahrt, bei sich. Um noch weniger aufzufallen, hätte er am liebsten auch noch das Gewand oben liegen lassen. Kein Mensch trägt heute mehr einen solchen Umhang. Schon zu seiner Zeit trug niemand mehr ein solch albernes Tuch.

Seitdem die Trümmer weggeräumt und die Häuser wiederaufgebaut sind, tragen die Menschen wieder bunte Kleidung. So wie der junge Mann neulich, der ihn oben besucht hatte. Sein Hemd hatte kurze Ärmel und war kariert, die Hose aus festem, hellblauem Baumwollstoff.

Der junge Mann wartete, bis alle anderen Besucher die Plattform verlassen hatten. Er beugte sich über das Geländer und schaute hinab auf das Menschengewimmel. Er begann zu reden, mit sich selbst zu sprechen. „Wenn sie mir doch nur ein Zeichen gäbe, ich wäre der glücklichste Mann auf Erden", sagte er und hob ruckartig den Kopf. „Wenn nicht bis nächsten Sonntag, dann werde ich springen, das schwöre ich."

Plötzlich stieß sich der junge Mann vom Geländer wieder ab, drehte sich um und verschwand mit schnellen Schritten durch die Tür.

Kürzlich waren auch die Herren der Stadt oben, in ihren stolzen Anzügen, und debattierten. „Plattform schließen", sagte der eine. Ein anderer: „Nur an bestimmten Tagen öffnen." Ein dritter: „Wir brauchen ein sicheres Öffnungs- und Schließsystem."

Ja, es wurde Zeit, dass etwas geschah. Zu viele musste er in den vergangenen Monaten springen sehen. Er fasste einen Entschluss. Dieser eine Mann, dieser junge mit den hellblauen Hosen, sollte nicht springen. Dieser eine, vielleicht letzte, sollte gerettet werden.

Nur weil man über den Dingen steht, ist man nicht distanziert. Nur weil man unbeweglich ist, bleibt man nicht ungerührt.

Ein paar Schritte noch und er steht vor dem Haus. Dem Haus mit der Wohnung des jungen Mannes. Aus dreißig Metern Höhe hatte er gut beobachten können, wo er wohnt.

Er steigt die Treppe hinauf. Er schreibt noch schnell etwas auf das Stück Papier, das er von der Verfassungsrolle abgetrennt hat, und schiebt es unter der Tür durch.

Schnell die Treppe wieder hinab und zum nächsten Haus. Dem Haus gegenüber. Dem Haus, wo sie wohnt.

Schon seltsam, die Menschen. Wohnen dicht bei dicht und hoffen, am Ende vergeblich, dass sie einander Zeichen geben.

Auch sie wartet nur auf eines. Er konnte beobachten, wie sie immer wieder heimlich hinter dem Fenster stand und nach draußen schaute, wenn der junge Mann morgens das Haus verließ und abends zurückkam.

Auch unter ihrer Tür schiebt er ein Stück Papier durch.

Und dann nichts wie weg. Der Morgen beginnt schon zu grauen. Schnell läuft er zum Luisenplatz zurück. Er steigt die enge Treppe hoch und sieht die beiden vor sich. Am Sonntag werden sie sich begegnen, oben bei ihm auf der Plattform. Sie werden langsam aufeinander zugehen und sich zulächeln. Schüchtern werden sie sich ansprechen.

„Schön, dass du gekommen bist", wird der eine Mensch sagen. „Schön, dass du gekommen bist", der andere. Beide werden sie stutzen. „Hast du etwa auch …?", wird der eine sagen. „Ja, schau, hier ist er", der andere. Er wird den Zettel aus der

Tasche ziehen. Der andere den seinen. „Das ist aber nicht meine Schrift", werden sie beide gleichzeitig überrascht ausrufen. „Das ist ja seltsam", werden sie flüstern und sich umschauen. Und dann zu lachen beginnen. Sie werden gemeinsam zum Geländer treten und hinab in das Menschengewimmel schauen. Einer ihrer Blicke wird kurz die Figur in erstarrter Pose oben auf der Säule streifen. „Wir müssen einen Schutzengel haben", wird einer, werden vielleicht beide sagen. Sie werden sich unterhaken und zur Treppe gehen.

Er sieht das Ganze vor sich. Er sieht, dass es so kommen wird.

Zufrieden steigt er auf den Sockel und stellt langsam die Füße hinein. Einen nach dem anderen. Erst den rechten, dann den linken. Müde und zufrieden stellt er fest, dass er seine Zehen schon nicht mehr bewegen kann.

Ralf Schwob BRANDNACHT

Du hast aus dem Fenster gesehen und dich gewundert: Da läuft einer von den Jungs vom Busbahnhof mit der alten Frau Schmidtke aus dem dritten Stock über die Straße. Der Junge hat den rechten Arm abgewinkelt und Frau Schmidtke hat sich beim ihm eingehängt. Du hast gedacht: Da stimmt was nicht. Und dann hast du gedacht: Lass gut sein, geht dich nichts an. Stehst aber trotzdem keine 10 Minuten später bei Frau Schmidtke im Dritten vor der Tür und überlegst, ob du mal klingeln sollst.

Auf dem Klingelschild aus Messing steht in verschnörkelten Buchstaben: Dr. Dorothea Schmidtke. Durch das offene Fenster am Ende des Flurs dringt Straßenlärm herauf. Irgendwo im Haus plärrt ein Radio. Du fragst dich, was für eine Art Doktor die alte Frau Schmidtke wohl mal gewesen ist. Stehst vor der Tür und lauschst. Hörst nichts. Schaust an dir runter und siehst deine Füße in den ausgelatschten Sandalen, den abgesplitterten Nagellack. Brillantes Rot, hat auf dem Gläschen gestanden. Sah gut aus, aber nur für ein paar Tage. Das billige Zeug taugt einfach nichts. Auf einmal schämst du dich, willst wieder gehen. Was geht dich die alte Frau Schmidtke an?

Du hast die Schritte hinter der Tür nicht gehört und geklingelt hast du auch nicht. Frau Schmidtke öffnet dir trotzdem und sieht dich fragend an: Ja, bitte?

Ich bin von obendrüber, sagst du. Und: Ich wohne im Vierten. Ich wollte nur mal fragen …

Frau Schmidtke legt die Stirn in Falten. Ihre Haare sind so grau wie der Mantel mit Fischgrätenmuster und der knielange Rock, den sie trägt. Dazu schwarze Wollstrümpfe und gefütterte Winterstiefel. Du kannst nicht anders und fragst: Ist ihnen nicht warm?

Frau Schmidtke sagt: Ich heize im Sommer nicht.

Du nickst. Willst wieder gehen. Die alte Schmidtke geht dich nichts an. Wirklich nicht. Sie fragt: Wer sind Sie denn bitte?

Okay, denkst du, dann noch einmal: Ich wohne im Vierten, über Ihnen. Ich wollte nur …

Frau Schmidtke lächelt, als habe jemand in ihrem Inneren einen Vorhang aufgezogen: Ach, Frau Wagner. Schön, dass Sie mal wieder … kommen Sie doch rein, na kommen sie schon …

Die alte Schmidtke geht ein paar Schritte in ihre Wohnung hinein. Der fensterlose Gang ist eng und dunkel. Du zögerst. Willst was sagen, lässt es aber dann. Du hast die Wohnung im Vierten vor zwei Jahren bekommen, als Frau Wagner gestorben ist.

Frau Schmidtke dreht sich nach dir um. Hat schon fast die Tür am anderen Ende des Ganges erreicht. Sie sagt: Ich habe gerade Kaffee gemacht. Sie sagt es so, dass es sich anhört wie: Ich habe gerade die Weltformel gefunden.

Der Flur ist gar nicht so eng, wie du dachtest. Er ist nur beidseitig mit schweren dunklen Möbeln zugestellt. Mahagoni, schwarz und Nussbaum. Eine überladene Garderobe voller Jacken und Mäntel, als finde im Wohnzimmer eine Party statt.

Frau Schmidtke hat die Hand schon auf der Klinke, dann wird sie streng: Ab hier Schuhe aus.

Du schlüpfst aus den Sandalen. Frau Schmidtke behält die Stiefel aber an. Der Teppich im Wohnzimmer ist alt und abgetreten, fühlt sich aber trotzdem weich an unter deinen nackten Füßen. An allen vier Wänden Bücher bis unter die Ecke. Dazwischen Fotos in schweren Bilderrahmen. Eine Standuhr. Vor dem längsten Regal ist eine Rollleiter angebracht. Es riecht, als ob lange nicht mehr gelüftet worden wäre. Du denkst: Das hier ist doch keine Wohnung, das ist ein Museum. Du suchst einen Fernseher, ein Radio, irgendwas. Fehlanzeige.

In der Mitte des Raums steht ein Tisch. Auf dem Tisch stehen zwei Tassen. An dem Tisch sitzt der Junge vom Busbahnhof und lächelt. Lässt sich durch dich gar nicht aus der Ruhe bringen. Streckt seine Füße aus, zeigt dir seine zerschlissenen, löchrigen Turnschuhe.

Du fragst: Warum darf der die Schuhe …

Frau Schmidtke presst die Lippen zusammen und sieht dich böse an. Dreht sich um, geht und lässt die Tür auf. Klappert in der Küche mit Geschirr. Ruft: Kaffee ist gleich fertig!

Der Junge vom Busbahnhof grinst dich an und sagt: Guten Tag, Frau Wagner.

Du sagst: Mach bloß, dass du rauskommst.

Der Junge verschränkt die Arme vor der Brust und sieht sich im Zimmer um. Würdigt dich keines Blickes mehr.

In der Küche fällt etwas dumpf zu Boden. Ach herrje.

Frau Schmidtke steht mit offenem Mund vor der Bescherung auf dem Küchenfußboden und hat Tränen in den Augen. Der gute Kaffee. Bohnenkaffee. Ach herrje. Herrjemine.

Du sagst: Das macht doch nichts. Und: Kann doch jedem mal passieren.

Frau Schmidtke ist untröstlich. Du schiebst das verschüttete Kaffeepulver mit der Handkante zurück in die Dose. Staub und Haare und Brotkrümel dazwischen. Hier wurde schon länger nicht mehr gefegt.

Aus dem Wohnzimmer ist nichts zu hören. Frau Schmidtke setzt sich auf einen Küchenstuhl, sieht dir eine Zeitlang beim Aufräumen zu, räuspert sich dann und fragt: Wer sind Sie?

Du überlegst einen Moment. Dann sagst du: Frau Wagner aus dem vierten Stock.

Der Kaffee läuft. Die Maschine macht einen Höllenlärm. Spuckt und rotzt und röchelt. Müsste mal dringend entkalkt werden. Du siehst, wie Frau Schmidtke vornübergebeugt am Küchentisch sitzt, wie ihr immer wieder vor Müdigkeit die Augen zufallen. Du sagst: Ich bin gleich wieder da.

Im Wohnzimmer steht der Junge vom Busbahnhof vor der Bücherwand. Er hat dich noch nicht bemerkt. Schiebt gerade ein paar gerahmte Fotografien beiseite. Schüttelt den Kopf und seufzt. Du trittst hinter ihn. Er bemerkt dich jetzt, lässt sich davon aber gar nicht beirren.

Hey, du!

Der Junge sieht dich kurz an und hält dann den Zeigefinger vor die Lippen. Deutet stumm auf eine Reihe gerahmter Fotografien. Häuser und Straßenzüge in Schwarzweiß. Eine Stadt. Sepiafarben. Wahrscheinlich im Osten, denkst du. Preußen. Pommern. So was halt. Der Junge nimmt vorsichtig eines der Bilder aus dem Regal. Hält es in der Hand. Schaut es aber nicht an. Interessiert sich gar nicht dafür.

Das ist Darmstadt vor der Brandnacht, sagt Frau Schmidtke ernst und nimmt ihm das Bild ab. Ihr habt sie gar nicht kommen gehört.

Kannten Sie das alte Darmstadt?

Du schüttelst den Kopf. Der Junge vom Busbahnhof grinst, beißt sich auf die Unterlippe und schaut auf den Boden zwischen seinen Füßen.

Frau Schmidtke stellt das Bild behutsam wieder zurück an seinen Platz und sagt: Ziehen Sie gefälligst die Schuhe aus in meinem Wohnzimmer.

Der Junge gehorcht. Er trägt schmutzige weiße Tennissocken mit rotem und blauem Farbband über den Knöcheln. Ihr steht eine Weile schweigend herum.

Nun setzt euch doch, sagt Frau Schmidtke irgendwann. Ich hole nur rasch den Kaffee aus der Küche.

Ihr sitzt am Tisch: Der Junge und du auf der einen, Frau Schmidtke auf der anderen

Seite. Sie hat eine Zuckerdose und ein dazu passendes Milchkännchen aus der Küche mitgebracht, schenkt euch aus der Glaskanne Kaffee ein. Eine Tasse ist zu wenig. Der Junge winkt ab. Du führst die Tasse zum Mund. Siehst den Porzellanboden durchschimmern. Du hast den Kaffee viel zu dünn gemacht. Trinkst sonst nur löslichen.

Frau Schmidtke stört sich nicht daran und lacht. Blümchenkaffee. Der Junge vom Busbahnhof knetet seine Hände und grinst. Die Milch ist sauer und die Zuckerdose leer. Löffel gibt es auch keine. Der Nachmittag schleicht dahin. Frau Schmidtke sitzt immer noch in Mantel und Stiefeln am Tisch, nippt ab und zu an ihrer Tasse und scheint euch vergessen zu haben.

Wie war denn das alte Darmstadt? Du weißt gar nicht, warum du das gefragt hast, aber jetzt ist es raus.

Frau Schmidtke lässt sich Zeit mit der Antwort, denkt nach, sieht rüber zu den Bildern, sucht nach Worten. Vor dem Krieg, sagt sie, vor dem Krieg, da war Darmstadt … es war …

Ja?

Frau Schmidtke verstummt und starrt ins Leere.

Der Junge vom Busbahnhof unterdrückt ein Lachen. Du stößt ihm mit dem Ellbogen in die Seite und er gibt einen Zischlaut von sich und dann etwas, das sich anhört wie Lampe.

Frau Schmidtke werden langsam wieder die Augen schwer. Du kannst sehen, wie sie kurz vor dem Einnicken ist. Das Kinn sinkt auf die Brust. Dann flattern die Lider und ihre Augen gehen wieder auf, sie hebt den Kopf und sieht zwischen euch hindurch an die Wand, irgendwohin, nirgendwohin.

Der Junge wartet. Ist jetzt ganz still. Wirft dir Seitenblicke zu. Denkt nach. Als Frau Schmidtke eingeschlafen ist, steht er auf und geht zu dem Regal mit den Darmstadtbildern.

Du sagst: Verschwinde jetzt und lass dich hier nie wieder blicken.

Der Junge sagt: Sonst was?

Du ziehst das Handy aus deiner Jeans: Sonst rufe ich die Bullen.

Fick dich, sagt der Junge.

Du wählst eine Nummer. Der Junge bückt sich, nimmt seine Turnschuhe und sagt: Ist ja schon gut, ist ja schon gut.

Du hörst ihn durchs Treppenhaus poltern. Hörst, wie die Haustür unten schwer ins Schloss fällt. Dann ist alles still. Du schließt die Augen und hörst Frau Schmidtke leise schnarchen.

Nach ein paar Minuten stehst du auf, gehst zu dem Regal und rückst die alten Fotografien zur Seite. Du nimmst das Portemonnaie, das die ganze Zeit hinter den Bildern gelegen hat, und steckst es ein. Im Flur schlüpfst du in deine Sandalen und verlässt die Wohnung.

Ella Theiss ABSCHIED

Es ist aus. Alles. Morgen kommen sie mit der Abrissbirne. Sie werden das Dach abdecken, die Außenmauern einreißen, Stockwerk um Stockwerk abtragen. Zuletzt das Fundament mit der stillgelegten Esse ausheben. Und hinter einer unfachmännisch gemauerten Brandsteinwand werden sie ihn finden, den Krahl. Was von ihm übrig ist. Und die Polizei rufen.

Es kann eine Weile dauern, bis herauskommt, dass es Krahl ist. Klaus-Theodor Krahl, der Multiunternehmer, der 1983 spurlos verschwand. Er war eine Darmstädter Berühmtheit, hatte es in den 70ern zu Geld gebracht: Zeitarbeitsagentur, Unternehmensberatung, Finanzdienstleistung, solche Sachen. Schließlich investierte er in Immobilien, gründete die Imaginehome GmbH und Co. KG. Damit begann unser Problem.

Das heißt, wir erkannten das Problem nicht gleich. Ahnungslos, wie wir waren, freuten wir uns über die Sanierungsmaßnahmen. Die Stadtregierung hatte Denkmalschutz beschlossen, und Krahl ließ moderne Sprossenfenster einsetzen, die Fassade in einem anheimelnden Aprikosenton verputzen, die Stuckverzierung mit Cremeweiß absetzen. Er ließ sogar den Vorgarten mit Thujen und Erika neu anlegen … Der Schrecken begann, als es horrende Mieterhöhungen hagelte, dann Kündigungsdrohungen und Schikanen ohne Ende. Krahl spekulierte auf Eigentumswohnungen. Das hätte er bleiben lassen sollen.

Ich sehe ihn noch daliegen, auf dem Treppenabsatz zwischen zweitem und drittem Stock, den Hals schief, das Toupet verrutscht, Blut rann aus seiner Nase, besudelte seinen Kammgarnanzug, die Budapester-Schuhe, die frisch gebohnerte Treppe. Das Gepolter hatte die Mieter zusammengetrommelt, die an dem Nachmittag zuhause waren. Sie umstanden ihn ratlos.

„Das ist der Krahl", sagte Biggi (3. Stock rechts, Edel-Prostituierte und die einzige, die ihn persönlich kannte).

Katja (2. Stock rechts, Sozialarbeiterin, vormals Krankenpflegerin in den Städtischen Kliniken) bückte sich, legte ihm die Finger an den Hals und sagte: „Der ist tot."

Udo (Hochparterre links, früher der Hausmeister, dann arbeitslos) gab Krahl einen Tritt in die Leiste und sagte mangels eines Lebenszeichens: „Stimmt."

Harry (2. Stock links, Lateinlehrer am Ludwig-Georgs-Gymnasium) drehte Krahl auf den Rücken, besah sich die rotgeränderten, tränennassen Augen, die Platzwunde an der Stirn, die angeschwollene blutige Nase und meinte: „Wir müssen die 110 anrufen."

Biggi ordnete ihr zerzaustes Haar. „Aber niemand weiß, dass er hier ist."

Udo warf Harry einen Blick zu.

Auch den Rest erledigten sie weitgehend wortlos. Udo und Harry schleppten Krahls Leiche in den Keller respektive ins Tiefparterre, wo es neben den von Holzbrettern abgeteilten Parzellen die alte Esse gab, die der ehemaligen Werksschmiede als Feuerstelle gedient hatte. Darin versteckten sie Krahl samt Kleidung und Toupet, vermauerten die Öffnung mit Steinen aus einem ohnehin bröckelnden Gesims entlang der Fensterwand.

Biggi brachte ihre Wohnung in Ordnung, ließ das zerrissene Kleid, den zerfledderten Rosenstrauß und die Scherben ihrer Keramikente im Müll verschwinden. Katja verbrannte Krahls Perso, seine Kreditkarte und das Taxiticket, säuberte ihren Schlagring und verstaute ihn zusammen mit dem Pfefferspray im Flurschrank.

Als Maren (Dachgeschoss links, Bildende Künstlerin, alleinerziehend) mit dem kleinen Daniel vom Spielplatz heimkam und erfuhr, was passiert war, holte sie den Spiritusreiniger aus ihrem Atelier und half beim Treppenputzen.

Ja, sie waren eine solidarische Gemeinschaft, bei allen Bildungs-, Status- und Persönlichkeitsunterschieden. Der Zufall hatte sie zusammengeführt, als die alte

Fahrradmanufaktur – nach einer Zweckentfremdung als Munitionsfabrik der Nazis – unter den Hammer kam und 1962 zum Mietshaus umgebaut wurde. Nach und nach zogen sie ein, allein oder mit ihren Familien, lebten ihr Leben ohne viel Kontakt zueinander. Verschiedentlich wurde eine Versorgung von Katzen, Meerschweinchen oder Zimmerpflanzen während des Urlaubs verabredet, selten gab es Auseinandersetzungen wegen der nach 22 Uhr offen gelassenen Haustür.

Da betrat Krahl mit seiner Imaginehome die Szene. Mit der Begründung notwendiger Sanierungsmaßnahmen ließ er tagelang das Wasser abstellen, im Winter ging scheinbar zufällig alle drei Wochen der Heizölvorrat zur Neige, die Lichtanlage im Treppenhaus fiel dauerhaft aus. Udos Hausmeisterstelle wurde ersatzlos gekündigt, die Mieter sollten „bei Bedarf" eine Nummer anrufen, unter der sich nie jemand meldete.

Als all das nicht verfing, schickte Krahl wöchentlich einen ungehobelten Kerl namens Schober vorbei, der allein mit seiner Statur, noch mehr mit seinen Drohgebärden, die Mieter einschüchtern sollte. Weder Kinderwagen noch Fahrräder durften fortan im Hausflur parken, Meerschweinchen und Wellensittiche sollten abgeschafft werden. Den kinderreichen Familien im Hinterhaus verbot Schober, ihre Wäsche im Hof zu trocknen … Und bei jedem Besuch hatte er Krahls Aufhebungsverträge dabei – über lächerliche Summen von zwei oder drei Monatsmieten.

Die Schikanen schweißten uns zusammen. Bei anderen Häusern in der Stadt gelang Krahl der Coup, mal rascher, mal zögerlicher. Wir in der Frankfurter Straße waren die Zähesten.

Eine Woche nach seinem Sturz in unserem Treppenhaus wurde Krahl polizeilich vermisst. Sein Foto, zehn Jahre zuvor zwecks Erstellung seines Reisepasses aufgenommen, erschien im Darmstädter Echo und in der Hessenschau. Alle in der Stadt kannten seinen Namen, aber nur wenige wussten, wie er aussah. Vielgehasst wie er war, ließ er sich ungern ablichten, schon gar nicht von den Medien. Der Taxifahrer, der ihn an dem Nachmittag befördert hatte, erinnerte sich undeutlich an einen ähnlich aussehenden Mann, der am Ostbahnhof ein- und beim Herrngarten ausgestiegen war. Einer seiner Kollegen gab an, den Gesuchten zum Rhein-Main-Flughafen gefahren zu haben. Und die Polizei beschloss, ihm zu glauben. Da keine Fluggesellschaft einen Passagier dieses Namens auf der Liste hatte, witterten Geschäftsfreunde einen falschen Pass und ein Schwarzgeldkonto, womit Krahl sich ein neues Leben in Übersee gönnte.

Seine Witwe dachte wohl Ähnliches. Sie tauchte ihrerseits nach Malta ab, überschrieb die Geschäfte dem Sohn und Haupterben Felix, der wiederum lieber sein Philosophiestudium fortsetzen wollte und die Geschäftsleitung dem bisherigen Oberbuchhalter übertrug.

Im Spätherbst waren alle Kündigungen vergessen, von Eigentumswohnungen war keine Rede mehr. Schober fiel dem Alkohol anheim und wurde entlassen.

Unsere kleine verschworene Gemeinschaft schlich anfangs etwas beklommen umher, vermied den Kontakt, vermied jede weitere Nutzung des Kellers. Vor allem Katja hatte manchmal Albträume. Doch allmählich wich die Furcht vor Entdeckung einer fröhlichen Gelassenheit. Udo übernahm wieder Hausmeisterarbeiten, Katja und Harry entdeckten ihre Liebe zueinander, Biggi heiratete einen Italiener und führte seinen Eissalon. Maren konnte dank diverser Ausstellungen in Düsseldorf und München die benachbarte Dachwohnung dazumieten und ihr Atelier vergrößern.

Neue Bewohner zogen ein, nutzten mit Freuden die vielen freien Parzellen im Keller. Es gab, wie in den Achtzigern üblich, regelmäßige Hoffeste und Grillgelage. Ich war rundum glücklich.

Nichts währt ewig. Menschen sind unstete Wesen, sie ziehen um, sie wandern aus, sie sterben. Vier Jahrzehnte sind vergangen. Die Imaginehome ging in Konkurs. Und wie vielerorts im Rhein-Main-Gebiet hat ein anonymer Investor zugegriffen, investiert aber nicht, weil Abriss und Neubau ihm mehr einbringen. Nun ist das Dach leck, die Mauern vom Schwamm befallen, der Denkmalschutz wurde aufgehoben, und alle mussten ausziehen, endgültig.

Ja, schon morgen ist Abriss. Und man wird Krahls Leiche finden. Die Polizei wird wieder ermitteln, wird Harry befragen, der jetzt 94 ist und im Pflegeheim lebt. Wenn Harry noch klar ist im Kopf, wird er so tun, als sei er es nicht mehr. Dann kommen sie nicht weiter, denn Harry ist der einzige von uns, der übrig ist. Außer mir. Aber mich altes Haus fragt ja niemand.

Dabei war ich von Anfang bis Ende involviert. Könnte der Polizei erzählen, dass Krahl an besagtem Nachmittag Biggi die Kündigung persönlich überbringen wollte, nicht nur die für die Wohnung, auch die für ihre übrige Geschäftsbeziehung. Wobei er glaubte, mit einem Blumenstrauß und einer Abfindung von 2.000 DM könne er zum Abschied nochmal auf sie rauf. Da griff Biggi zu der kitschigen bunten Keramikente, die Krahl ihr zu Weihnachten geschenkt hatte, und warf sie ihm an den Kopf.

Ich könnte der Polizei präzise schildern, wie Katja, Sozialarbeiterin aus vollem Herzen, ein Stockwerk tiefer Biggis Geschrei hörte und dachte, der grobe Schober setze ihr wieder zu. Also zückte sie ihr Pfefferspray und ihren Schlagring, rannte zu Biggis Wohnungstür hinauf und läutete Sturm, läutete so lange, bis ein ihr unbekannter Mann mit zornrotem Gesicht erschien, der mit der einen Hand die Klinke, mit der anderen Biggis Haare fasste.

Budapester-Schuhe haben Ledersohlen, die auf frisch gebohnerten Holztreppen leicht ausrutschen. Und wenn ein nicht mehr ganz junger Mann zuvor von einer Keramikfigur am Kopf getroffen, einem Schlagring gegen die Nase verletzt und einem Schwall Pfefferspray geblendet wurde, dann hat er kaum eine Chance, damit heil zum Ausgang zu gelangen.

Natürlich endet solch ein Sturz selten tödlich. Da fehlt ein Detail, glauben Sie? Richtig. Ich verrate es Ihnen gern. Da brauchte es noch eine irisierende Lichtgestalt, die, von einem eiskalten Luftzug begleitet, dem flüchtenden Krahl zwischen die Beine fuhr. So wie in alten englischen Schlössern.

Ich bin ein ehrwürdiges deutsches Anwesen von 1899, ich verfüge über einen neoromanischen Torbogen, ein Schieferdach mit Kranzgesims, vier Erker, sechs Gauben, jede Menge Stuck sowie über das schon erwähnte sandsteingemauerte Tiefparterre. Und was englische Schlösser können, kann ich auch.

Warum ich Krahl mein Hausgespenst geschickt und damit seinen Genickbruch verursacht habe, wollen Sie wissen? Sie finden, Eigentumswohnungen sind eine feine Sache, die werten ein altes Gebäude doch auf? Ich hätte froh und dankbar sein müssen?

Wissen Sie, ich habe viel erlebt an Gier und Gemeinheit, an Ausbeutung, Not und Unglück. Schon in meiner frühesten Jugend musste ich mitansehen, wie ausgemergelte und übermüdete Menschen an den Maschinen und Werkbänken schuften mussten, damit der Herr Fabrikant seine Fahrräder an vornehme Leute verkaufen konnte. Ich habe die unglücklichen Gesichter der Frauen gesehen, die Weltkriegsmunition am Fließband gießen und giftige Dämpfe einatmen mussten. Alles unter der Drohung, erst mit dem Endsieg könnten ihre Männer vom Krieg heimkehren. Und ich habe die Stadt in Flammen gesehen, ganze Straßenzüge in Trümmern, unzählige historische Bauschätze in Schutt und Asche.

Vielleicht verstehen Sie nun, dass ich diese friedlichen, freundlichen Menschen, die in den Sechzigern, Siebzigern und Achtzigern in meine Mauern gezogen sind, geliebt habe. Sie waren ohne Arg, sie wollten leben, arbeiten, ihre Kinder großziehen, sonst nichts. Alles war gut, bis wieder so einer daherkam, der den Hals nicht vollkriegte. Also habe ich eingegriffen. Und mir und den Meinen fast vierzig weitere glückliche Jahre gesichert. Immerhin.

Krahl war ein kleiner fieser Parvenu. Dem konnte man noch persönlich begegnen. Im Gegensatz zu diesen Investoren, die keine sind. Die haben kein Gesicht, keine Gestalt, die fallen keine Treppe runter. Die steigen auf, immer nur auf, und niemand stoppt sie.

Meine Zeit ist zu Ende. Aber Ihre nicht. Vielleicht haben Sie Glück und erben mal so ein schmuckes altes Mehrfamilienhaus, wie ich es war. Dann können Sie es erhalten, pflegen, zu bezahlbaren Preisen vermieten und mir damit ein Denkmal setzen. Hach, wär das schön!

Wie bitte? Sie würden im Fall des Falls selbst spekulieren? Die maximale Rendite einfahren wollen? Nehmen Sie sich in Acht, denn mein Hausgeist wird mich überleben. Und der spukt weiter, sag ich Ihnen. Überall in der Stadt.

Barbara Zeizinger SIEBEN, ACHT, NEUN, ZEHN

An dem Tag, an dem ich befördert wurde, habe ich einen Mann getötet. Ich, Judith Mager, 29 Jahre alt, verheiratet, Mutter eines zweijährigen Sohnes. Es war an einem Freitagabend am 6. November um Viertel nach fünf. Ich weiß das noch so genau, weil es im Protokoll der Polizei festgehalten worden war. Genau zu diesem Zeitpunkt, als der große Zeiger auf der Drei und der kleine kurz hinter der Fünf stand, teilte sich mein Leben in ein Vorher und ein Nachher.

Das ist jetzt etwas mehr als ein Jahr her, und in all den vergangenen Monaten sah ich den Toten in meinen Nächten vor mir, wie er im Regen lag, mich mit großen Augen anblickte, als könne er nicht glauben, dass er tatsächlich tot sei. Auch die Blutlache überfiel mich jedes Mal, vor allem aber drängte sich seine rechte Hand mit den auffallend langen Fingernägeln in mein Bewusstsein, und noch heute erinnere ich mich, dass ich als Erstes gedacht hatte, der Tote werde nun nie mehr Gitarre spielen.

Wie gesagt, war es der Tag, an dem ich in meiner Firma ab sofort nicht mehr nur eine von mehreren Sekretärinnen, sondern für das gesamte Office Management verantwortlich war. Die Kolleginnen hatten eine kleine Feier vorbereitet, mit Häppchen und Sekt. Ein billiges, viel zu süßes Gesöff, gerade mal ein halbes Glas konnte ich davon trinken. Glücklicherweise!

Dennoch, ich gebe es zu, war ich auf der Heimfahrt auch ohne viel Alkohol aufgekratzt, geradezu euphorisch, habe die Songs von FFH mitgesungen und auf dem Lenkrad mit den Händen den Takt geklopft. Das Leben war schön.

In der Kasinostraße kaufte ich bei Tegut eine Flasche Weißwein, Antipasti und Fisch, von allem das Feinste. Beschwingt schob ich den Einkaufswagen durch die Gänge, lächelte jeden an. Oh happy day! Im Geschäft lag die Leichtigkeit eines bevorstehenden Wochenendes über den hin und her eilenden Menschen. Ungeduldig wartete ich in der Schlange an der Kasse. Ich wollte so schnell wie möglich nach Hause. Mit meinem Mann anstoßen, meinen kleinen Sohn in den Arm nehmen. Am liebsten alles gleichzeitig.

Hastig fädelte ich mich in den Verkehr ein. Schon den ganzen Tag herrschte ekliges Wetter. Es regnete und auf den glänzenden Straßen spiegelte sich das letzte Licht. Zwielicht, sagte ich später bei der Polizei. Nicht mehr richtig hell und noch nicht richtig dunkel.

Wenn man eine Straße oft entlangfährt, nimmt man ihre Umgebung meist nur bruchstückhaft wahr. Jedenfalls konnte ich meine Fahrt zwischen Tegut und Bleichstraße nicht genau beschreiben. So, als wäre ich in einer fremden Stadt unterwegs gewesen. Rauchten tatsächlich mehrere Leute auf der Terrasse des Restaurants Nazar oder hatte ich sie an einem anderen Tag gesehen? Fuhr die Straßenbahn in der Bismarckstraße zum Bahnhof oder in die andere Richtung? Seltsam, was im Vorbeifahren das Bewusstsein nur kurz berührt und was sich im Gedächtnis festsetzt. Wie beispielsweise dieser unverputzte Teil an einer Hauswand mit dem Bild des Neubaus der Städtischen Kliniken. Was ich noch wusste, war, dass ich an dieser Stelle dachte, ich sollte mir neue Scheibenwischer kaufen, weil die alten bei jeder Bewegung quietschten. Und dass ich, als ich mich der Kreuzung an der Bleichstraße näherte, schon von Weitem auf den großen Bildschirm am Ibis-Hotel mit der wechselnden Reklame geschaut hatte.

Damals gab es auf der Kasinostraße noch keine Geschwindigkeitsbegrenzung von dreißig Stundenkilometern. Aber viel schneller als fünfzig konnte ich schon wegen des dichten Verkehrs nicht gefahren sein, schließlich herrschte Rushhour. Außerdem wusste ich, dass hinter der Ampel ein Blitzer stand. In dem Augenblick, als ich auf dem Bildschirm las *Wie digital ist Darmstadt wirklich?*, sah ich vor der Windschutzscheibe einen Schatten, hörte zugleich einen heftigen Schlag, das Geräusch von zersplitterndem Glas und Schreie. Ich weiß nicht, wie verzögert ich gebremst habe. In der Erinnerung kommt es mir vor, als hätte ich aufgehört zu atmen, als wäre eine große Stille über mich gekommen, nur unterbrochen von meinem Herzschlag. In Wirklichkeit krachte der nachfolgende Wagen in meinen Corsa, die Türen wurden aufgerissen, eine Frau schrie hysterisch in ihr Handy, und als ich ausstieg, sah ich, wie sich mehrere Menschen vor meinem Auto über einen Mann beugten. Als ich mich näherte, wichen sie zurück. Da lag er, mit dem Kopf unterhalb des Bordsteins und um ihn herum sammelte sich Blut. Noch bevor der mit Blaulicht hereneilende Notarzt eintraf, wusste ich, dass der Mann tot war.

Bei der Polizei gab ich nicht zu, dass ich von dem Bildschirm an der Ecke abgelenkt gewesen war. Wozu auch. Ich war schuldig, ich hatte aus Unachtsamkeit einen Mann getötet. Den Ingenieur Volker Pfeifer, 36 Jahre alt, verheiratet, zwei Töchter im Alter von fünf und sieben Jahren, wohnhaft in Hamburg. Ich hatte eine Frau zur Witwe, zwei Kinder zu Halbwaisen gemacht.

Im Polizeipräsidium wurde mir Blut abgenommen. Ich überlegte kurz, wieviel Promille ein halbes Glas Sekt ausmachte, aber eigentlich war es sowieso gleichgültig. Ob die Frau des Toten schon benachrichtigt worden war? Ob die Kinder schon wussten, dass sie ihren Vater nie mehr sehen würden?

Zuhause gab sich mein Mann alle Mühe. „Soll ich dir einen Tee kochen? Badewasser einlassen?" Reglos saß ich auf der Couch, schaute ihn an und stellte mir den Toten in einem Kühlraum vor. Nach einer Weile stand ich auf, schob meinen Mann beiseite und brachte meinen Sohn ins Bett. Anschließend drapierte ich die Antipasti langsam auf einen Teller, gab den Fisch in die Pfanne. Draußen war es inzwischen dunkel geworden, vielleicht bedeckte die Nacht nun die Markierungen an der Unfallstelle.

Mein Mann öffnete den Wein. „Alles Gute", sagte er unsicher und schaute mich besorgt an. „Willst du darüber reden?" Ich schüttelte den Kopf. Was sollte ich auch sagen. Eine Sekunde lang hatte ich nicht aufgepasst und deshalb war ich schuld am Tod eines Mannes. Ich zuckte mit den Schultern, eine Geste, die mich noch lange begleiten sollte. Selbst im Traum, wenn mir der Tote begegnete. Nach ein paar Nächten änderte er seinen Gesichtsausdruck. In seinen erstaunten Blick, mit dem er mich gleich nach dem Unfall angeschaut hatte, mischte sich mehr und mehr ein Vorwurf. *Mitten aus dem Leben gerissen* hatte die Lokalzeitung mit vorwurfsvollem Unterton über den Unfall geschrieben. Im Internet schaute ich mir sein Leben an. Als Spezialist für Wassertechnik arbeitete er in Hamburg bei der Behörde für Umwelt und Klima, war Mitglied in einem renommierten Tennisverein und mindestens einmal schien er einen Pokal gewonnen zu haben. Mit einem Lächeln hielt er ihn auf dem Foto in die Höhe. Auch seine Frau, hübsch, mit langen dunklen Haaren, spielte Tennis. Jedenfalls zeigte ein Foto die beiden zusammen bei einem gemischten Doppel. Seine Töchter hießen Maike und Constanze. Mein Opfer war ein glücklicher, erfolgreicher Familienvater und hat unverschämt gut ausgesehen.

„Du musst damit leben", sagten mein Mann, meine Mutter, meine Freundinnen. Und ich lebte damit. Im wahrsten Sinn des Wortes. Der Tote – ich nannte ihn inzwischen Volker – war immer bei mir. Er lag im Bett zwischen mir und meinem Mann, saß bei meiner Therapie auf der Couch neben dem Psychologen, schob mit mir den Kinderwagen durch die Stadt und bei der Arbeit schaute er mir über die Schulter, sodass ich aus Nervosität viele Fehler machte. Mein Chef riet zu einer Auszeit. Die wollte ich auf keinen Fall, denn damit wäre ich oft mit Volker allein gewesen. Stattdessen trat ich zurück ins Glied.

Bei der Gerichtsverhandlung traf ich auf seine Frau. Ich hatte mich davor gefürchtet. Blass und seltsam verwirrt schaute sie mich aufmerksam, nicht feindselig, eher fragend an. Die Anwesenheit ihres Mannes in Darmstadt konnte sie sich nicht erklären. Angeblich wollte er zu einer Konferenz, irgendwo an der Nordsee. Nein, ganz bestimmt nicht nach Darmstadt, das liege ja wohl nicht am Meer. Als jedoch jemand aus seinem Büro anrief, um ihr zu kondolieren, erfuhr sie beiläufig, dass er sich einen Tag Urlaub genommen hatte.

Dies alles spielte für die Gerichtsverhandlung, bei der es um die Höhe meiner Strafe ging, im Grunde keine Rolle. Ich war mir sicher gewesen, streng verurteilt, wegen fahrlässiger Tötung mit mehreren Jahren Gefängnis bestraft zu werden. Auch 0,3 Promille Alkohol hätten sich eigentlich negativ auswirken müssen. Weil ich jedoch noch nie gegen ein Gesetz verstoßen und ein kleines Kind hatte, beließ es die Richterin bei einem Bußgeld und dem Entzug des Führerscheins.

Nach der Gerichtsverhandlung stellte ich meine Wohnung auf den Kopf, staubsaugte, putzte Fenster, Waschbecken und sämtliche freie Flächen. Danach holte ich den Kleinen bei meiner Mutter ab. Mit ihm im Kinderwagen hastete ich so schnell durch die Stadt, dass mir einige Leute kopfschüttelnd hinterherschauten. Es war ein sonniger Oktobertag mit bunten Blättern an den Bäumen, einer der Tage, an denen die Welt leuchtete. Ich schob den Kinderwagen in den Herrngarten, wo ich mich am Teich schwer atmend auf eine Bank fallen ließ. Der Kleine kletterte aus dem Wagen, und während ich mit ihm zu den Enten ging, versuchte ich, nicht zu schreien. „Er ist selbst schuld an seinem Tod", sagte ich mit bebender Stimme zu meinem Sohn. „Was hatte er verdammt noch mal hier zu suchen?"

Kurz vor Weihnachten erreichte mich ein Brief. Er war ohne Absender, ohne Briefmarke und ohne vollständige Anschrift. Nur mein Name stand auf der Vorderseite. Jemand musste ihn nachts in den Briefkasten geworfen haben und schon bei der Anrede wusste ich, dass etwas nicht stimmte.

„Liebe Judith, meine unfreiwillige Helferin", stand da. „Du kennst mich nicht und es hat keinen Sinn, mich zu suchen. Wenn Du den Brief liest, bin ich mit Bahn und Flugzeug auch für die Polizei unauffindbar über alle Berge. Zuvor war es mir aber ein Bedürfnis, Dir zu danken. Du hast mir geholfen, Volker zu töten. Ich mache es kurz. Ohne Sentimentalitäten. Volker und ich waren seit zwei Jahren ein Paar. Bei einem Tennisturnier haben wir uns kennengelernt und uns regelmäßig an verschiedenen Orten getroffen. Volker, dieser elende Feigling, hatte immer Angst, Spuren zu hinterlassen. Kurz vor dem Unfall beendete er unsere Beziehung. Per WhatsApp! Er wolle seine Frau nicht mehr betrügen. In Wahrheit plante er, bei der nächsten Wahl für den Senat zu kandidieren und brauchte dafür einen Lebenslauf ohne Makel. Ich rief ihn an. Schluchzte. „Ich will dich wenigstens noch einmal treffen. Abschied nehmen."

Zufällig hatte ich in Darmstadt dienstlich zu tun, deshalb würde hier mein Tatort sein. Ich gab mich sanft, verständnisvoll. Natürlich würde ich ihm keine Steine in den Weg legen. Natürlich wünschte ich ihm für die Wahl viel Erfolg. Bei einem Essen tranken wir Wein, und mit jedem Schluck nahm er ein Beruhigungsmittel zu sich, das ich ihm heimlich ins Glas geschüttet hatte. (Wurde er denn nicht obduziert?) ‚Lass uns Freunde bleiben!', sagte er. Wie ich diesen Satz hasste. Auf dem Weg zum Bahnhof führte ich ihn absichtlich entlang dieser verkehrsreichen Straße. Der Abschied sollte für immer und ewig sein.

Den Rest kennst Du. Fast. Kurz vor der Kreuzung drängte ich ihn immer weiter an den Rand des Gehwegs, zählte neun vorbeifahrende Autos und beim zehnten stieß ich ihn auf die Straße. Wenn jemand nicht damit rechnet und voller Beruhigungsmittel ist, ist das ganz einfach. Unbemerkt tauchte ich zwischen den Fußgängern unter. Ich hatte

Glück. Ich konnte mich ja nicht darauf verlassen, dass er tatsächlich stirbt. Aber er scheint (für ihn unglücklicherweise) mit dem Kopf auf den Bordstein geknallt zu sein. Du hingegen hattest Pech. Ich hätte auch bis zwölf zählen können. Oder als böse Fee bis dreizehn. Dann hätte ihn jemand anders überfahren. Glück, Unglück, Pech? Ist im Leben nicht sowieso alles von Zufällen bestimmt? Eins ist jedenfalls klar: Mich verlässt man nicht ungestraft!"

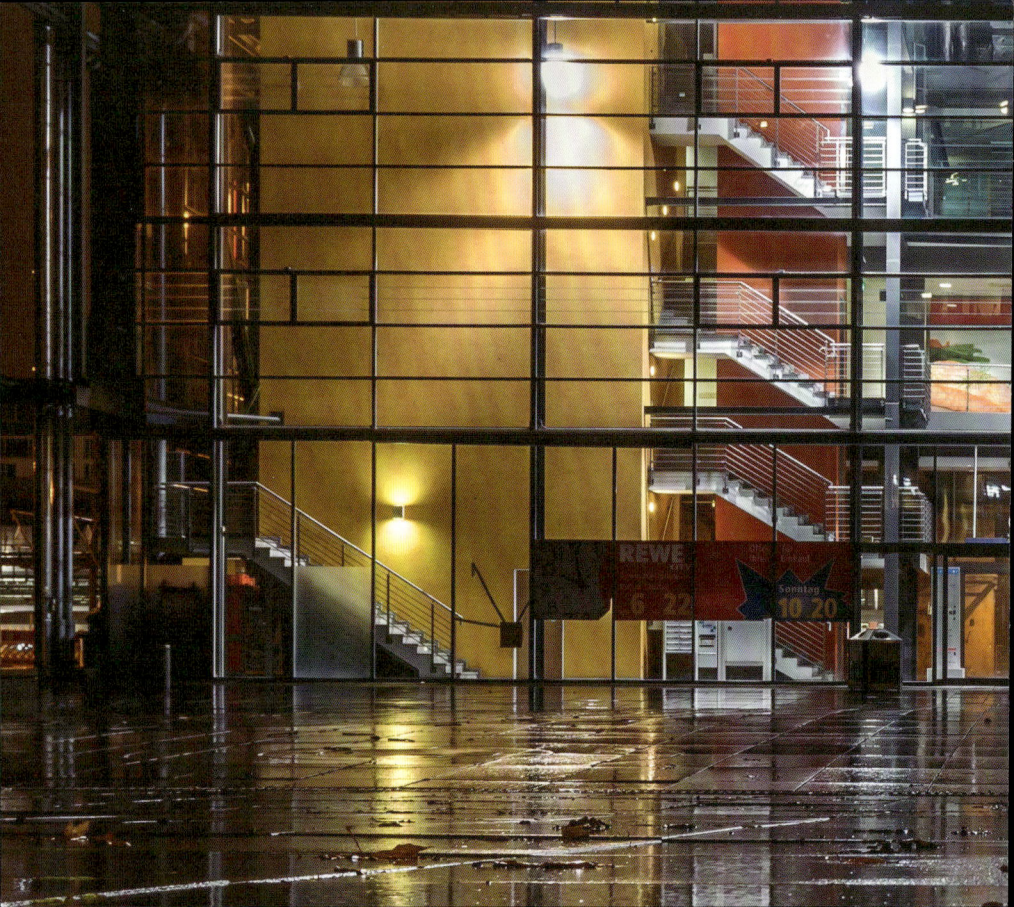

BILDLEGENDEN Kurzgeschichten zu den Fotos | **Umschlag vorne** Die fünf Finger des Hochzeitsturms | **7** In der Schuchardstraße | **14/15** Blick vom Schloss zum Luisenplatz | **24** Abgang in die Tiefgarage des Staatstheaters | **32** Turm der Johanniskirche | **49** Flutlicht im Stadion am Böllenfalltor | **62** Turm der Stadtkirche | **88** Happy auf dem Heinerfest | **105** Feuerwehr in der Hoffmannstraße (am Roßdörfer Platz) | **110** Großherzog Ludewig I. auf dem Langen Lui, Luisenplatz | **122** Wohnhausruine in der Pallaswiesenstraße | **136/37** East Side (Graffiti) Gallery an der Nieder-Ramstädter Straße gegenüber dem Alten Friedhof | **138/39** Fußgängerbrücke über die Holzstraße | **140-147 Mathildenhöhe** | **142** Die fünf Finger des Hochzeitsturm, davor der Bacchusbrunnen von Joseph Maria Olbrich, Stützmauer auf der Ostseite des Platanenhains | **143** Russische Kapelle, gespiegelt im Lilienbecken | **144/45** Platanenhain | **146/147** Russische Kapelle und Platanenhain | **148/149** Rheinstraße | **150** Achteckiges Haus (Achteckhaus), denkmalgeschütztes Haus der Kultur, Mauerstraße | **151** Haus der Geschichte, „Mollerbau" mit dem Hessischen Staatsarchiv, Karolinenplatz, ehemals Hof- und Landestheater | **152-155** Rheinstraße, Ernst-Ludwigs-Platz Richtung Langer Ludwig | **156/57** Hessisches Landesmuseum | **158** Karolinenplatz: „Mollerbau" (vgl. 151) und Hotel Welcome | **159** karo 5, Universitätszentrum der TU Darmstadt | **160-163** DA CAPO Variete, Karolinenplatz | **164/65** Hotel Welcome, karo 5 (vgl. 159), Wissenschafts- und Kongresszentrum Darmstadtium | **166/67** Darmbachrinne vor dem Darmstadtium | **168-175 Residenzschloss** | **168-173** Blick vom Marktplatz | **174/75** Eingang zum Schlosshof von der Marktplatzseite | **176/77** Luisenstraße vor dem Durchgang durch das Luisencenter | **178-186 TU-Gebäude in der Hochschulstraße** | **178/79** Souterrainfenster | **180/81** Eingang | **182/83** Treppenhaus | **184/85** Treppenhaus vor dem Kunstforum | **186** Flur | **187** Gewölbe/Durchgang vor dem Eingang des Schlossmuseums | **188/89** Marktplatz mit Weihnachtsmarkt, im Hintergrund Altes Rathaus und Turm der Stadtkirche | **190/91** Im Schlossgraben | **192-209 Staatstheater/Georg-Büchner-Platz** | **193** „Grande Disco" von Arnoldo Pomodoro

| **196/97** ... an Sylvester | **200/01** Eingang zu den Kammerspielen | **206/07** Illumination "Wer ist Wir", Lichtinstallation von Philipp Geist | **208/09** St. Ludwig Kuppelkirche | **210/11** Lounge in der Centralstation | **212/13** Passage von der Schulstraße zum Stadtkirchplatz, im Hintergrund Turm der Stadtkirche | **214/15** Passage vom Stadtkirchplatz zur Schulstraße | **216/17** Studierendenwohnheim und Wohnhausruine in der Pallaswiesenstraße | **218/19** Arheilger Straße vor der Gaststätte Petri | **220** Löffelstraße | **221** Hinterhof in der Viktoriastraße | **222-225** Industrie-Altbauten in der Kirschenallee | **226/27** Denkmalgeschützter Wasserturm auf dem Knellgelände, Frankfurter Straße | **228/29** Ehemalige Wohngebäude in der Lincoln-Siedlung | **230/31** Liebfrauenstraße | **232/33** Ehemaliges EAD-Gelände in der Niersteiner Straße | **234/35** Einfahrt Parkhaus Grafenstraße | **236/37** Kunsthalle | **238** Comedy Hall, Puppentheater KIKERIKI in der ehemaligen Bessunger Turnhalle, Heidelberger Straße 131 | **239** Bar im Woogscafe | **240/41** Denkmalgeschützte Tankstelle, Teichhausstraße 41 | **242/43** Universitäts- und Landesbibliothek, Magdalenenstraße | **244/45** Eingang Justus-Liebig-Haus (Veranstaltungsstätte, Stadtbibliothek, Volkshochschule), Große Bachgasse 2 | **246/47** Schulstraße | **248/49** Naturfreibad Großer Woog mit Sprungturm | **250/51** Heinrich-Fuhr-Straße am Großen Woog | **252-263 Hauptbahnhof** | **252/53** Blick von der Stirnwegbrücke (Haardtring/Am Kavalleriesand) | **258/59** Blick vom Europaplatz auf das Einkaufszentrum im Hauptbahnhof | **260/61** Dornheimer Brücke auf der Nordseite des Hauptbahnhofs | **262/63** Hauteingang des Hauptbahnhofs (von Friedrich Pützer), Platz der Deutschen Einheit | **264/65** Datterich-Klause am Hauptbahnhof, Am Fürstenbahnhof | **266-271 Straßenbahn Linie 9** | **266/67** ... am Ernst-Ludwigs-Platz/Weißen Turm | **268/69** ... am Luisenplatz | **270/71** ... auf der Rheinstraße/Ecke Neckarstraße | **272-275** Denkmalgeschützter Kiosk auf dem Ernst-Ludwigs-Platz | **276/77** Regierungspräsidium (Kollegiengebäude) am Luisenplatz | **278/79** Einfahrt von der Rheinstraße in den Citytunnel und die Tiefgaragen | **280/81** Prinz-Emil-Schlösschen, Prinz-Emil-Garten | **282-285** Orangerie |

286/87 Henkershaus/Niederstraße | **288/89** Bessunger Backstubb, Herrngartenstraße 25 | **290/91** OB Jochen Partsch im Kulturzentrum Bessunger Knabenschule | **292/93** Hochhaus Kranichstein, Blick von der Jägertorstraße | **294/95** Seniorenresidenz, Kranichstein | **296/97** Blick in die Schulstraße | **298-311** Luisenplatz | **298/99** Blick vom Schloss zum Langen Lui | **310/11** Eingang zum weihnachtlichen Luisencenter | **312/13** Ernst-Ludwig-Straße | **314-317** Obsthaus Rebell, Ernst-Ludwig-Straße | **318/19** Ehemalige Wunderbar auf dem Marktplatz | **320/21** Ludwigstraße | **322/23** Luisenstraße | **324/25** Helia Kinos, Wilhelminenstraße | **326/27** Fischerhütte (Restaurant), An den Fischteichen, nahe Darmbach-Quelle | **328/29** Darmstädter Traditionsbrauerei Grohe, Brauereiausschank | **330/31** Café Godot | **332-334** Blick vom Luisenplatz in die Rheinstraße

DIE AUTOR*INNEN
Biografisch und bibliografisch

Eric Barnert, Darmstädter, Jahrgang 1968, ist promovierter Geologe, Autor und Bergsportler. Nach Forschung und Lehre freiberuflich tätig. War als Trainer, Hüttenreferent, Erstbegeher und Schrauber von Kletterrouten, Wettkampforganisator und Vorsitzender des Alpenvereins in Hessen aktiv. Zahlreiche Artikel über seine Bergerlebnisse, faktenbasierte Bergkrimis. *www.eric-barnert.de*

Stefan Benz, Jahrgang 1966, geboren und aufgewachsen in Arheilgen, schreibt seit 1985 über Film und Theater. Nach dem Studium der Germanistik, Amerikanistik, Theater-, Film und Fernsehwissenschaften in Frankfurt (1987 – 1992) Volontariat beim *Darmstädter Echo* und dort seit 1997 Kulturredakteur; verfasst seit 2016 auch Romane und Kurzgeschichten. *twitter.com/Kulturkeks (Siehe Facebook)*

Bergkrimis um den Bergsteiger Martin Keller: **Kreuzkogel.** Oberhaching 2013 | **Schneekristalle.** Martin Keller und die Schatten der Silvretta. Oberhaching 2016 | **Banken, Bembel und Banditen.** Mord in Rhein-Main. Kriminalanthologie hrsg. mit Michael Kibler. Meßkirch 2020
„Flott geschrieben, in einem genau ausgebreiteten konkreten Gebirgsteil [...] angesiedelt, [...] mit plausibler Handlung und plausiblen Charakteren." (Syndikat über Schneekristalle)

Satire-Trilogie um den Theaterkritiker Justus Beck, der Mordfälle aufklärt und das Schauspiel erklärt: **Theaterdurst.** Herr Beck und die Höllenlimonade. Tredition, Hamburg 2019 | **Theaterwut.** Herr Beck und der Zorn des Than. Tredition, Hamburg 2019 | **Theaterherz.** Herr Beck und der Tod des reichen Mannes. Tredition, Hamburg 2020
„spitz, scharf und ziemlich lustig" (Frankfurter Rundschau)

Fritz Deppert, geb. 1932 in Darmstadt, Promotion über Ernst Barlach, Gründungsrektor der Bertolt-Brecht-Schule, Mitglied des PEN, zahlreiche Buchveröffentlichungen, vor allem Lyrik, aber auch Krimis und Texte zur Geschichte Darmstadts. Johann-Heinrich-Merck-Ehrung der Stadt Darmstadt, Goetheplakette des Landes Hessen.
de.wikipedia.org/wiki/Fritz_Deppert

Alex Dreppec, 1968 geb. Darmstädter, bürgerl. Dr. Alexander Deppert (Psychologie), Berufsschullehrer, Moderator, Schriftsteller. Regelmäßige Teilnahme an Poetry Slams, 2002 Finalist der deutschsprachigen Meisterschaften in Bern, 2004 Wilhelm-Busch-Preis, 2002–2011 Moderator der *Darmstädter Dichterschlacht*, Erfinder des *Science-Slam*. Lyrik, Essays und Kurzprosa auf Deutsch und Englisch. *www.dreppec.de*

Thomas Fuhlbrügge (* 1974) ist Lehrer für Katholische Religion, Politik & Wirtschaft, Ethik und Philosophie an der Bachgauschule in Babenhausen. Der Autor, Musiker und Liedermacher lebt mit seiner Frau und seinem Sohn im südhessischen Altheim. *www.coortext.de*

Darmstadt-Krimis mit dem pensionierten Kriminalkommissar und Junggesellen Philipp Buttmei und seinem Hund: **Buttmei.** Nidderau 2007 | **Buttmei findet keine Ruhe.** Nidderau 2009 **Buttmei tappt im Dunkeln.** Hanau 2012 | **Buttmei und das Meisterwerk.** Odenwald-Verlag, Otzberg 2020

„Mit Buttmeis Augen gesehen, schaut Darmstadt noch sympathischer aus." (Darmstädter Echo)

Druckvolle Druckwerke: **Die Doppelmoral des devoten Despoten.** Stabreimgedichte von A-Z. Eremiten-Presse, Düsseldorf 2003, (Bilder von Sonja Burri). | (Hrsg.) **Dichterschlacht: Schwarz auf weiß.** Ariel, Riedstadt 2003 | **Metakekse** [Tonträger]. Ariel, Riedstadt 2006 **Glasaugenstern.** Chiliverlag, Verl 2015 | **Tanze mit Raketenschuhen/Dance with Rocket Shoes.** Chiliverlag, Verl 2016

[…]dieser Dreppec drechselt dermaßen diabolisch, derart demonstrativ distinguiert die doppelbödigen Diskurse dramatisch druckvoll […]. (Volker Rebell/HR3)

Fiktive Krimis mit historischem Kern, mit schwarzem Humor und satirischem Blick: **Gassenspieß.** 2. Auflage, Norderstedt 2017 | **Massengrab.** 2. Auflage, Norderstedt 2019 | **Muna.** Norderstedt 2020 | **Badewannen-Barde.** Altheim 2021 | **Frauen brennen besser.** Altheim 2021

„In der Realität geht es […] deutlich pietätvoller zu […]." (Main-Echo)

Paul-Hermann Gruner, Jahrgang 1959, seit 1982 in Darmstadt. Dr. phil., Bildender Künstler (Objekt, Montage, Installation), Journalist, Autor und Publizist. Seit 1984 zwanzig Publikationen (Literatur, Sachbuch, Fotobuch). Mitglied des PEN und VS Hessen. Kopf der Literaturgruppe POSEIDON. Geschäftsführer der Gesellschaft Hessischer Literaturfreunde. Diverse Preise und Stipendien. *www.phgruner.de*

Ralf Köbler, 1960 geborener Darmstädter, verheiratet, zwei Söhne, promoviert, ist Präsident des Landgerichts Darmstadt, Professor an der Uni Speyer, Kirchenvorsteher der Stadtkirche und Chorsänger der Darmstädter Kantorei. Zahlreiche juristische Tätigkeiten auf Landes- wie Bundesebene, Autor vieler Fachpublikationen und von mittlerweile acht satirischen Stadtkirchenkrimis.

Bruno Laberthier, geboren 1966, seit 2002 zuerst dienstlich, dann privat in Darmstadt hängengeblieben. Dienstlich jetzt in Aachen, Erstwohnsitz bei Köln, promovierter Literaturwissenschaftler und unter Pseudonym unterwegs. Seit 2010 vier Romane und Kurzgeschichten, darunter der Lilien-Krimi „Alle Heiner freu'n sich ...".

Stilistischer Feinschliff, trockener Humor, gesellschaftliche Kontexte im Blick: **Über die Kunst.** Sieben Kurzgeschichten. Berlin 1989 | **Pullover für Pinguine.** Querschüsse, Glossen, Satiren. Darmstadt 2009 | **Wunderlich und die Logik.** Satirischer Roman, Darmstadt 2012 | **La Tour Du Mariage.** Sieben Kurzgeschichten des 1. Darmstädter Turmschreibers. Darmstadt 2014 | **Zikaden mit Zahnrad.** Querschüsse, Glossen, Satiren. Darmstadt 2015 | **Die extrem kurze Zeit der Seligkeit.** Zehn Kurzgeschichten und ein Hörspiel. Darmstadt 2018. *"Gruner ist ein gesegneter Stilist, der die Sprachmuskeln schön locker hält." (www.culturmag.de, Hamburg 2012)*

Stadtkirchen-Krimis mit Staatsanwalt Graumann und Erstem Kriminalhauptkommissar Müllheimer: **Mord im Datterich.** Darmstadt 2007 | **Frau Dummbachs Tod.** Darmstadt 2008 | **Datterichs Himmelfahrt.** Fellbach 2010 | **Lisettches letztes Lachen.** Fellbach 2011 | **Die Blutwurst des Fritz Knippelius.** Fellbach 2012 | **Herr Spirwes stirbt an Weihnachten.** Fellbach 2016 | **Bennelbächers postfaktische Apokalypse.** Darmstadt 2018 | **Senza Corona:** Eine kriminelle Auferstehung. Darmstadt 2020. *"Im achten Band der Reihe ist die Fabulierlust mit dem schreibenden Landgerichtspräsidenten besonders wild durchgegangen." (Darmstädter Echo)*

Fußballkrimis mit sozialpädagogischem Ermittler und sich einmischendem Autor sowie Kurzgeschichten: **Alle Böcke beißen ...** Remscheid 2010 (1. FC Köln) | **Abi-Gag.** Remscheid 2011 | **Alle Heiner freu'n sich ...** Remscheid 2015 (Darmstadt 98) | **Alle Löwen beißen ...** Remscheid 2016 (Wuppertaler SV) | **Brockengespenstphänomen.** In: neolith – Werkstatt und Magazin für neue Literatur an der Bergischen Universität Wuppertal, 2017 | **Tod über Schall.** In: schliff Literaturzeitschrift (hrsg. vom Institut für deutsche Sprache und Literatur I der Universität zu Köln) 1/2019 | **Krankenhausclown.** In: CO-RO-NA, Hg. PH Gruner, Darmstadt 2020. *"Alles ist mit spürbarem [...] Vergnügen geschrieben – und das springt über [...]." (Stefan Erhardt in: Der tödliche Pass)*

Marc Mandel, 1948 im Saarland geboren, war viele Jahre als Rockmusiker und Barpianist unterwegs. Anschließend studierte er Philosophie und Germanistik. 1968 erste Kolumnen und satirische Beiträge. Seit zwanzig Jahren Kulturjournalist für diverse Printmedien, vor allem für das Darmstädter Echo. Lebt heute als freier Autor in Griesheim bei Darmstadt. *www.marcmandel.net*

Andreas Roß, Wahl-Darmstädter, 59, verheiratet, zwei erwachsene Kinder, ist Sozialpädagoge und in einer Mieterberatung für Südhessische Baugesellschaften tätig. Auf den langen dunklen Fluren der in die Jahre gekommenen Mietshäuser findet er Anhaltspunkte für seine skurrilen Geschichten. Zwei Kurzgeschichtensammlungen und vier Kriminalromane. *www.krimiautor-ross-darmstadt.de*

Susanne Roßbach, Jahrgang 1966, Wirtschaftsinformatikerin und Psychologin (Hochschule Darmstadt), Senior Business Analystin in der IT-Abteilung einer Bank. Kann auch verputzen, Parkett abschleifen, Lampen installieren und Bäume fällen, aber Urkunden oder Preise gab's dafür komischerweise noch keine. Lebt in Dreieich. *www.susannerossbach.de*

Kurzkrimis, Thriller und Anleitungen zum Schreiben und Dichten. **Morden.** Kurzkrimis, Verl 2014 | **Machen.** Stilfibel, Verl 2016 | **Machen 2.0.** Gedichtfibel, Verl 2019 | **Mädchenlieder.** Gedichte, Altheim 2021 | **Möbiusschleife.** Thriller, Altheim 2021
„Zucker in Kaffee zu träufeln genügt nicht: Du musst rühren." (Marc Mandel).

Hauptkommissar Dobermann und sein Sohn ermitteln seit 2013 in Darmstadt: **Innere Schreie.** Mainbook, Frankfurt/M 2020 | **Tage, die alles verändern.** Naumann, Oberhaching 2017 **Weißkalt.** Naumann, Oberhaching 2015 | **Abgedrückt.** Naumann, Oberhaching 2013
Darmstädter Kurzkrimis und Geschichten aus der Region: **Das Leben ist eine Zicke.** Odenwald-Verlag, Otzberg 2018 | **Begegnung mit dem Berserker.** Naumann, Oberhaching 2011
„Er stattet die Figuren mit charakterlichen Eigenarten aus, legt seine eigenen Erfahrungen hinein, dann lässt er sie laufen und schaut, wie sie sich entwickeln." (Darmstädter Echo)

Cosy Crime im Odenwald: Alexandra König ermittelt: **Der Tote vom Odenwald.** Ullstein, Berlin 2017 und Audible Studios, Berlin 2020 | **Schatten über dem Odenwald.** Ullstein, Berlin 2018 und Audible Studios, Berlin 2020 | **Rache im Odenwald.** Ullstein, Berlin 2019 und Audible Studios, Berlin 2020. *„Es ist vergnüglich, diesen Krimi zu lesen … Die Auflösung des Mordes überrascht" (hessenschau.de)*
Romantasy-Reihe: **Augenstern.** Band 1-4. Mainbook, Frankfurt/M 2018-2020
„Eine romantische Fantasy-Reihe für Fans der Twilight-Geschichte, die in unserem schönen Frankfurt spielt." (Frankfurter Wochenblatt)

Walter Scheele, Jahrgang 1945, seit 50 Jahren Redakteur und Buchautor für große Tageszeitungen, Hörfunk und Fernsehen im In- und Ausland. Schwerpunkt: große Kriminalfälle und die Geschichte der Burg Frankenstein als Heimat von Mary Shelleys Monster *(Home of the Monster)*. Umfangreiche Materialsammlung über bekannte Kriminalfälle, etliche Kriminalromane. Lebt in Bickenbach. *(Siehe Facebook)*

Frank Schuster, Jahrgang 1969, wohnt seit 2003 in Darmstadt. Er arbeitete von 2003 bis 2011 als Redakteur der Frankfurter Rundschau, war danach vier Jahre lang Presse-Referent der Grünen Fraktion in Wiesbaden und ist aktuell Redakteur beim Verbrauchermagazin ÖKO-TEST. Mitglied der Literaturgruppe POSEIDON. *(Siehe Facebook)*

Ralf Schwob, 1966 in Groß-Gerau geboren, arbeitete als Krankenpfleger und studierte später Germanistik in Mainz. Heute arbeitet er als freier Autor und Buchhändler und lebt mit Familie in seiner Heimatstadt Groß-Gerau. Für seine literarischen Arbeiten wurde er mit verschiedenen Preisen ausgezeichnet. *www.ralfschwob.de*

Der Polizei- und Gerichtsreporter ist mit den Methoden der Polizei bestens vertraut: **Sonderkommando 1.** | **Sonderkommando 2.** Societätsverlag, Frankfurt/M 2004* | **Gefallene Engel.** Societätsverlag, Frankfurt/M 2004 – 2009* | **Der Tote vom Kühkopf** (vergriffen) | **Treffpunkt Alt Neu Synagoge.** Tredition, Hamburg 2017 | **Frankfurt Blues.** Tredition, Hamburg 2020*.
„Könnte voll aus dem Leben gegriffen sein." (Chef des 1. Polizei-Reviers Darmstadt)
Zahlreiche Sachbücher zur Burg Frankenstein und ihre Verbindung mit Mary Shelley's Frankenstein-Roman (*Fortsetzungsroman u.a. in Frankfurter Neue Presse, Darmstädter Echo, Mainzer Allgemeine)

Ein Krimi kann auch mal labyrinthisch und geheimnisvoll sein und muss die Frage „Wer ist der Mörder?" nicht stellen. Mein Lieblingskrimi ist Kafkas „Der Prozess".
If 6 Was 9. Grübeltäter, Oldenburg 2003 | **Das Haus hinter dem Spiegel.** Mainbook, Frankfurt/M 2014 | **Sternenfutter.** Mainbook, Frankfurt/M 2018
„Frank Schuster erhebt in ‚Sternenfutter' nicht den Zeigefinger. […] Klar, der Mensch möchte nicht zum Nahrungsmittel werden. Aber ginge es nur um diese Moral, wäre das Thema des Romans schnell abgehandelt. ‚Sternenfutter' ist vielschichtiger." (Johannes Breckner, Darmstädter Echo)

Im Rhein-Main-Gebiet angesiedelte Spannungsromane, oft mit zeitlichem Bezug zu den 80er Jahren. Ausgefeilte Kurzprosa mit überregionaler Thematik: **Büchners letzter Sommer.** Ariel, Riedstadt 2011 | **Problem Child.** Societäts-Verlag, Frankfurt/M 2013 | **Last Exit – Goetheturm.** Societäts-Verlag, Frankfurt/M 2015 | **Holbeinsteg.** Societäts-Verlag, Frankfurt/M 2017 | **Der stillste Tag im Jahr.** Bornhofen, Gernsheim 2018 | **Tod im Gleisdreieck.** Mainbook, Frankfurt/M 2020 | **Erste Schritte letzte Wege.** Erzählungen 2000 – 2018. Liebig, Darmstadt 2020
„… besticht durch eine klare, einfache Sprache, die mit wenigen Worten viel erzählt" (SWR)

Ella Theiss, Jahrgang 1951, hat Germanistik und Sozialwissenschaften studiert und unter ihrem Klarnamen Elke Achtner-Theiss als Journalistin gearbeitet. Ihr Roman „Die Spucke des Teufels" erreichte Platz 2 beim Gerhard-Beier-Literaturpreis 2010. Für ihre Kurzgeschichten erhielt sie weitere Preise und Auszeichnungen. Sie lebt und arbeitet in Roßdorf. *www.ellatheiss.de*

Barbara Zeizinger, geboren 1949, KOGGE-Autorin, lebt in Darmstadt. Studierte Germanistik, Geschichte und Italienisch. Sie schreibt Lyrik und Prosa, ist Redaktionsmitglied bei den Zeitschriften *Bawülon und Matrix* des Pop Verlages. Mitglied u.a. des VS, der Internationalen Lyrikergruppe QuadArt und des Exil-P.E.N. Zahlreiche Veröffentlichungen. Ihre Gedichte wurden in mehrere Sprachen übersetzt und ein Roman ins Italienische. *www.barbarazeizinger.de*

Fotos Seite 334 bis 348: Eric Barnert: Rahel Welsen | Stefan Benz: Guido Schiek | Fritz Deppert: Oliver Stienen | Alex Dreppec: Kultur einer Digitalstadt e.V. | Thomas Fuhlbrügge: Ellen Eckhardt | PH Gruner: Michael Schick | Ralf Köbler: Karsten Christiansen | Bruno Laberthier: privat | Marc Mandel: Ellen Eckhardt | Andreas Roß: Christa Daum | Susanne Roßbach: privat | Walter Scheele: privat | Frank Schuster: Anja Wägele | Ralf Schwob: Marc Mandel | Ella Theiss: privat | Barbara Zeizinger: Ellen Eckhardt
Fotos Seite 349/350: Oliver Stienen: Grüne Darmstadt | Bettina Bergstedt: privat

"Mein Thema ist das sogenannte Böse, das in jedem von uns steckt, und wie wir damit zurechtkommen. Oder auch nicht zurechtkommen.": **Darmstädter Nachtgesänge.** Historischer Roman um Georg Büchner, Edition Oberkassel, Düsseldorf 2021 | **Die Spucke des Teufels.** Historischer Kriminalroman, Neuauflage bei Edition Gegenwind, Berlin 2021 | **Neben der Spur.** Zeitgenössischer Kriminalroman, Neuauflage bei Edition Gegenwind, Berlin 2021 | **Duo mit Beretta.** Zeitgenössischer Darmstadt-Krimi. Prolibris Verlag, Kassel 2016
Der Focus zählte „Neben der Spur" (Grafit-Verlag) zu den fünf besten Krimis des Sommers 2012

Zeitgenössische und historische Ereignisse spannend erzählen. Literatur kommt der Wahrheit näher als jedes Geschichtsbuch: **Am weißen Kanal.** Roman, Pop, Ludwigsburg 2014 | **Wenn ich geblieben wäre.** Lyrik, Pop, Ludwigsburg 2017 | **Er nannte mich Klárinka.** Roman, Pop, Ludwigsburg 2019 | **Bevor das Herz schlägt.** Roman, Pop, Ludwigsburg 2021
Momente der Reflexion geben der lebendig-genauen Erzählung eine angemessene Dimension der Tiefe (Rhein Neckar Zeitung)

MITWIRKENDE

Kamera OLIVER STIENEN, Jahrgang 1961, studierte Kommunikationsdesign in Schwäbisch Gmünd und Darmstadt. Zusätzlich absolvierte er die Journalistenschule in Bruchsal. Seine erste Spiegelreflexkamera, die er immer noch besitzt, legte er sich im Alter von 18 Jahren zu.

Sein Stil ist im Wesentlichen geprägt von den frühen Studienjahren an der Hochschule für Gestaltung in Schwäbisch Gmünd, deren Lehrauffassung auf Einflüsse des Bauhauses und der Ulmer Schule für Gestaltung zurückgeht. Er arbeitete viele Jahre in der Werbung, Messegestaltung und beim Rundfunk, bis er Mitte der 2000er-Jahre in der Kommunalpolitik landete. Er arbeitet seither haupt- und ehrenamtlich für Bündnis 90/DIE GRÜNEN Darmstadt. Die Kamera ist sein ständiger Begleiter bei der Suche nach neuen Perspektiven und fotografischen Attraktionen.

Flickr: https://www.flickr.com/photos/121279876@N08/
Facebook: oliverstienentakesphotos

Kritik BETTINA BERGSTEDT, geb. 1961, freie Journalistin, Autorin, Lektorin. Studium der Kulturwissenschaften, Redakteurin im Chronik-Verlag Harenberg Dortmund, Journalistin für Kultur/Lokales für die Hannoversche Allgemeine und Süddeutsche Zeitung. Seit 2008 in Darmstadt, u.a. tätig für das Darmstädter Echo, Lektorin des Frauenmagazin Mathilde, Vorträge über Bildende Kunst/Kulturgeschichte, Buchbeiträge. *bergstedt.bettina@web.de*

Schnitt und Verlag GERD OHLHAUSER, Jahrgang 1948, arbeitete und lehrte als Industriedesigner für internationale Unternehmen und Ausbildungsstätten. 2008 gründete der renommierte Oberflächenspezialist den Verlag Surface mit den Publikationsschwerpunkten Farbe und Oberfläche, allen voran „The International Surface Yearbook". Nach der Übergabe von Verlag und Geschäftsführung an den Verleger des Designmagazins form 2015 publiziert Gerd Ohlhauser heute unter dem neuen Label Preface Book.

Seinem Anspruch, in einer zunehmend ökonomisierten und verwissenschaftlichen Welt für die sinnliche Wahrnehmung und Erfahrung zu sensibilisieren, entspringt auch dieses ganz spezielle Flipbook-Format des hier vorliegenden Bandes. Die lange Bildstrecke verbindet die Tiefenschärfe des fotografischen Augenblicks mit filmischer Erzählkraft. Diese Art Fotobücher sind Erlebnisbücher. Sie dokumentieren nicht, sondern schaffen eigene, neue, verdichtete Erlebnisse und Wertigkeiten; sie fokussieren auf Aspekte, deren Reiz bisher schlicht nicht gesehen wurde.

EDITION DARMSTADT Jetzt Mitherausgeber*in und Abonnent*in werden.
Angesichts des Elends öffentlicher Kulturförderung organisiert Preface Book diese mit der EDITION DARMSTADT von unten. Über 300-seitige Flipbooks über bekannte wie bislang übersehene Darmstädter Kulturgüter sollen deren Wahrnehmung stärken und so kulturelle Vielfalt, Erlebniswert und Bekanntheit unserer Stadt fördern. Auch Sie können das Projekt unterstützen und Mitherausgeber werden, indem Sie die Edition abonnieren. Das Abonnement beinhaltet vier in loser Reihenfolge erscheinende Flipbooks und kostet Sie 60 EUR inkl. MwSt. + Versand. Darüber hinaus erhalten Sie jedes zusätzliche Exemplar der Edition zum Vorzugspreis von 10/12/14 EUR inkl. MwSt. + Versand (im Buchhandel 12,80/14,80/16,80 EUR). Das Abonnement wird über vier Ausgaben abgeschlossen und verlängert sich um jeweils vier weitere Ausgaben, wenn Sie es nicht spätestens einen Monat nach Erhalt der vierten Ausgabe kündigen. Die Rechnung wird Ihnen jeweils mit der ersten von vier Ausgaben zugestellt. Bei Abschluss des Abonnements erhalten Sie gratis „American Surfaces LAS VEGAS".

EDITION DARMSTADT

Flipbooks 14,3 x 12 cm, über 300 Seiten mit ca. 250 farbigen Fotoseiten. Abonnement und Bestellung unter **www.edition-darmstadt.de**

Band 101, 2009 (vergriffen)

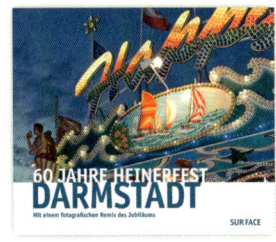

Band 104, 2011

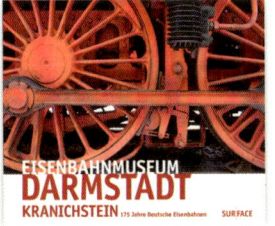

Band 102, 2010

Band 105, 2012

Band 103, 2011

Band 106, 2012

Band 107, 2013 (vergriffen)

Band 110, 2014

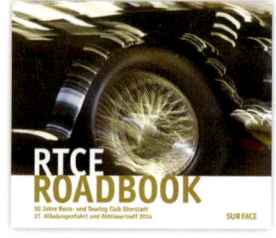
Band 113, 2015

Band 108, 2013

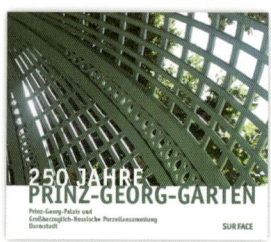
Band 111, 2014

Band 114, 2015

Band 109, 2014

Band 112, 2015

Band 115, 2017, 2. Auflage 2019

Band 116, 2017

Band 117, 2018

Band 118, 2019

Band 119, 2020

Band 120, 2020

Band 121, 2021

Band 122, 2021

Band 123, 2021

Mitherausgeber*innen Birgit Adler (FRIZZ – Das Magazin für Darmstadt) | Barbara und Yücel Akdeniz | Iris Bachmann | Jürgen Barth | Heiko Becker (Agentur für Mediendesign Lichtenberg) | Tom Becker | Michael Beißwenger | Dr. Ariane Bentner | Hanno Benz | Julia Bernt-Dori und Dr. Roland Reiner | Christian Blümel | Kenneth L. Bobu, Boston, USA | Bertheide Böhme + Prof. Dr. Helmut Böhme | Gemeinschaftspraxis Brogsitter + Kriete | Peter Buhlinger | Alexa-Beatrice Christ (Schlossmuseum Darmstadt) | Darmstädter Kulturforum der Sozialdemokratie | Bettina Daub | Heinrich Dieckmann | Ulrich Diehl Verlag und Medienservice | Marietta + Alex Dill | Roland Dotzert | Gaby + Sven Dreher | EARLSTREET | Ulli Emig | Birgit Engel | Hans Christian Ettengruber | Bernd E.R. Festner | Heidrun Finke | Hildegard Förster-Heldmann | Prof. Volker Freischlad (Architekten BDA Freischlad + Holz) | Christine + Achim Fried | Kurt Friedrich (Dialog-Plan Markenagentur) | Erika + Peter Ganßmann | Alexander Gemeinhardt | Elke Glenewinkel (Keller-Club) | Joachim Gottstein (Gottstein + Blumenstein Architekten BDA) | Rosel Grassmann (Wilderness BodyPainting) | Annette Graumann | Käthe und Rainer Grobe | Grünes Bündnis Kultur | Christoph Grundmann (Studio cg) | Paul-Hermann Gruner | HEAG Kulturfreunde | Annette Heinz-Cochlovius + Hans-Henning Heinz | Marianne Henry-Perret + Klaus Rohmig (Restaurant Belleville/Jagdhofkeller Darmstadt) | Roswitha + Wolfgang Hetzinger | Martin Heyd | Volker Hilarius | Marit Hoffmann | Matthias Itzel | Rolf Kerger (IT.CONSULTING) | Katja König | Günter Körner alias Riwwelmaddes | Ernst Friedrich Krieger + Adelheid Loretz-Krieger | Regina + Michael Krumb | Kunst Archiv Darmstadt | Brigitte Kuntzsch (Autorin und Journalistin) | Dr. Ingeborg + Dr. Hans Joachim Landzettel | Reinhard Launer (Fotoatelier Launer) | Holger Lentzen (Focus-Immobilien) | Karin + Walter Löffler | Sybille Markgraf | Hagen Mathy | Hans-Werner Mattis | Renate Meidinger | Hannes Metz | Gitarrenlehrer Axel Müller-Schroth | Robert Neumann (Format Darmstadt) | Martina Noltemeier | Dr. Hans Nübling | Eva-Maria Perthes | Uwe Petry (Büro VAR) | Uwe Prinzisky | Annette Rau-Löhr + Volker Löhr | Dr. Klaus Reineck und Kollegen (Zahnärzte) | Bastian Ripper | Ute Ritschel | Carla + Dr. Hans-Rolf Ropertz | Dr. Ellen

Rössner | Josef Michael Ruhl | Klaus Ryczyrz | Frank Salomon Unternehmensberatung | Schader-Stiftung | Dietrich Schäfer | Klaus Peter Schaumann + Hannah Eifler-Schaumann | Elke + Michael Schauss | Petra Schecker | Hildegard Schmidt + Elke Wolf | Peter Schmidt | Martina Schönebeck | Regina Schüle | Karl Richard Schütz | Nikola Schulz + Anke Meenenga (Hausgrafik) | Armin Schwarm | Walter Schwebel | Wolfgang ,Schweppes' Schwerber | Wolfgang Seeliger (Konzertchor Darmstadt/Darmstädter Residenzfestspiele) | Werner Seibel (Bezirksverein Martinsviertel) | Stadtbibliothek Darmstadt | Cem Tevetoglu (Stadtkulturmagazin P) | Dr. Miriam Ude + Dr. Christian Ude (Stern-Apotheke) | Kirsten Uttendorf | Dr. Thomas Vogel | Ulla von Sierakowsky | Nicolas von Wilcke (Clear Light) | Rechtsanwalt Christoph Wackerbarth (Insolvenz und Sanierung) | Ulrike + Gregor Wehner | Sabine Welsch (Heimatverein Darmstädter Heiner) | Horst Wente | Klaus Wiedenroth und 2 ungenannte Mitherausgeber.

Schreiben Sie Stadtgeschichte und werden Sie Mitherausgeber*in und Abonnent*in der EDITION DARMSTADT (siehe Seite 352). Konditionen, Leistungen und Abschluss des Abonnements:
www.edition-darmstadt.de

EDITION HESSEN Foto-Flipbooks 14,3 x 12 cm, über 300 Seiten

Band 401, 2015

850 JAHRE **HAMBACH** Spuren der Vergangenheit
Über 800 Jahre gaben Mühlen und Bauernhöfe Hambach seine Identität, die es zuletzt in nur 50 Jahren verloren hat. Heute gibt es nur noch Spuren davon. In der 250 Seiten langen Bildstrecke mit den verbliebenen Resten scheint die frühere Identität noch einmal auf. Im Gegensatz zu anderen Dörfern haben die Hambacher ihre bauliche Vergangenheit kaum konserviert. Stattdessen prägen Patina und Zerfall das dörfliche Erscheinungsbild. Die bildnerische Verdichtung könnte uns auf die Idee bringen, künftig gerade dieses Wilde zu kultivieren.

Band 402, 2018

VOM KAMMACHER-HANDWERK ZUR KUNSTSTOFF-INDUSTRIE **DIE KUNSTSTOFFSTRASSE** 200 Jahre Kunststoffe im Landkreis Darmstadt-Dieburg
Die KUNSTSTOFFSTRASSE im Landkreis Darmstadt-Dieburg führt durch eine weltweit einzigartige Dichte von Protagonisten der modernen Kunststoffe. Sie hat Stationen (Museen und Firmen) in zehn Kommunen, in denen maßgeblich das frühe Kammmacherhandwerk mit der Verarbeitung von Ochsenhorn und Schildpatt den Weg in die Kunststofftechnologie bahnte.
Eine Bild- und Textreportage über die Startveranstaltung der zweijährlichen Woche der KUNSTSTOFFSTRASSE vom 28. Oktober bis 6. November 2016 unter dem Motto „Das Leben wird bunt – Kunststoff in den 1950er Jahren"

Band 403, 2018

AKTIV-VILLEN **NEUES WOHNEN** IM ODENWALD UND AN DER BERGSTRASSE **Hammelbach und der Gasthof zum Ochsen. Peter Hinz und das Planungsbüro Gruppe 7**
Peter Hinz leitet seit 20 Jahren das Planungsbüro Gruppe 7 in Rimbach und ist führender Architekt von Passivhäusern in der Region. Die abgebildeten Projekte haben ob ihrer luftigen Lichträume den Habitus und die Wohnkultur von Villen, den einstigen Landsitzen des Stadtadels. Der passionierte Bobpilot und -konstrukteur trainiert zukünftig das japanische Bobteam. Im illustren Hammelbach haben Peter und Luise Hinz den alten Gasthof zum Ochsen vollständig energetisch saniert und den Gastronomie- und Hotelbetrieb wiedereröffnet. Die „historische Schlüsselgastronomie" soll wieder gesellschaftlicher Mittelpunkt und überörtlicher Anziehungspunkt werden.

Band 404, 2021

DAS ÜBERSEHENE KLEINOD BABENAUSEN Eine fotografische Huldigung
Babenhausen, die 1211 erstmals urkundlich erwähnte Siedlung, der bereits 1295 die Stadtrechte verliehen wurden, ist ein mittelalterliches Kleinod. Seinen Kern bildet ein geschlossenes Ensemble denkmalgeschützter Fachwerkhäuser innerhalb einer turmbewehrten Stadtmauer.
Die im Zuge der hessischen Gebietsreform eingemeindeten, bis dahin selbständigen Dörfer Harpertshausen, Harreshausen, Hergershausen, Langstadt und Sickenhofen verfügen über ebenso eindrucksvolle Fachwerk-Ensembles.
Das Buch bringt die bisher übersehene Schönheit und Einziartigkeit der Stadt und seiner fünf Ortsteile ans Licht.

www.edition-hessen.de

Band 501, 2017
deutsch/englisch, 384 Seiten,
ca. 320 farbige Fotoseiten

EDITION INTERNATIONAL Foto-Flipbooks 14,3 x 12 cm

ELBPHILHARMONIEN Eine Ode an den Hamburger Hafen Mit der Elbphilharmonie hat Hamburg nicht nur ein neues Wahrzeichen, auch das geschäftige Konglomerat seines Hafens hat eine Orientierung erhalten. Dem zeigt sie sich in so vielen Gesichtern, man könnte meinen, es gäbe mehrere Elbphilharmonien. Eine Fotoreportage ihrer Entstehung und ihres Genius Loci von Josander Schück. Essay von Dr. Antje Voutta „Die Elbphilharmonie – Un concerto furioso", der die langwierige und mehrfach dem Scheitern nahe Entstehungsgeschichte des Konzerthauses nachzeichnet. Das Vorwort des Verlegers Gerd Ohlhauser deutet das „Skandalprojekt" als eine Parabel unserer Zeit.

DANKSAGUNG Für ihre freundliche Unterstützung danken wir Judith Kautz, Theo Jansen, Christine Haller, Paul-Hermann Gruner, Bernhard Heitz, Urs Späni ...

... und der Fernau Präsizionstechnik GmbH, Darmstadt.